杂想杂说

喻诣　著

中国文联出版社

图书在版编目（CIP）数据

杂想杂说 / 喻诣著. --北京：中国文联出版社，2016.3（2024.6重印）

ISBN 978-7-5190-1205-2

Ⅰ.①杂… Ⅱ.①喻… Ⅲ.①随笔—作品集—中国—当代 Ⅳ.①I267.1

中国版本图书馆CIP数据核字（2016）第047984号

著　　者　喻　诣
责任编辑　曹艺凡
责任校对　乔宇佳
装帧设计　中联华文

出版发行　中国文联出版社有限公司
地　　址　北京市朝阳区农展馆南里10号　　邮编　100125
电　　话　010-85923025（发行部）　　85923091（总编室）
经　　销　全国新华书店等
印　　刷　三河市华东印刷有限公司

开　　本　880毫米×1230毫米　1/32
印　　张　9.25
字　　数　180千字
版　　次　2024年6月第1版第2次印刷
定　　价　60.00元

自 序

这是我出版的第一本书，也是我近年来的思考随笔。人到中年，一个人独处的时候，总喜欢对一些事情陷入沉思，而且什么都可以想。因此，本书就取名为《杂想杂说》。

我们在学校读书的时候，什么问题都要追求标准答案；走向社会，才慢慢明白原来很多事情都只有参考答案。小时候，母亲教我们学会说话；长大了，社会教我们学会沉默。如果说话是一种能力，那么，沉默则是一种智慧！现实生活中所发生的一切事件，我们都能从尘封的历史中寻找到影子，所以，黑格尔说："人类从历史中得到的教训就是人类从来不记取历史教训。"经济社会的发展、物质生活的丰富，并不能够必然解决人们心灵、情感与精神层面的问题。贪欲太重、期望太高、强求太多、算计太深、宁静太少、心眼太小，这些就是人生的烦恼之源，也是人们的百病之因，所以，当今有些人，过去被愚昧给毁了，今天被富裕给毁了。在这个世界上，很多东西都有价，唯独爱与善是无价的。因为爱，我们要对他人好一点，父母、亲人、朋友，无论这辈子与我们相处多久，来世我们都不会再相见；因为善，我们要对地球好一点，蓝天、绿水、青山，能够满足人类需要，却满足不了人类的贪婪。

好吧！"一分钟的思考抵得过一小时的唠叨。"

是为序。

喻　诣

2015 年 8 月 26 日

目　录

历史回想

黑格尔说：“人类从历史中得到的教训就是人类从来不记取历史教训。”

问·答·想

①最困难的事

有人问古希腊哲学家泰勒斯：你认为活在这个世界上，什么事情是最困难的？

泰勒斯答：认识你自己。

我想：人，对自己无知还好点，最糟糕的莫过于不能正确认识自己。自作聪明、自以为是、自我欣赏、自我陶醉、自我吹嘘、自我崇拜、自我标榜、自卖自夸、自不量力、自鸣得意、自命不凡、自命清高、自吹自擂者不计其数；遇到逆境和挫折时，自寻烦恼、自欺欺人、自轻自贱、首愧不如、自惭形秽、自甘堕落、自暴自弃者比比皆是；唯独自知之明、自我批评者寥寥无几。

②活着的意义

一个满脸愁苦的人问安提丰：人活着到底有什么意义？

安提丰答：我至今也没有弄清楚，所以我要活下去。

我想：我们不知道为什么活着，但还是想一直活下去。这或许就是活着的意义。

③道歉的好处

有人问政治家塞涅卡：道歉有什么好处？

塞涅卡答：道歉既不伤害道歉者，也不伤害接受道歉的人。

我想：道歉不关人格尊卑，是诚恳与宽容的和解仪式。道歉者不必卑躬屈膝，有错就改，态度诚恳；接受者不必颐指气使，雍容大度，握手言和。负荆请罪中的两个人都值得我们学习：一是廉颇的知错就改，一是蔺相如的宽以待人。

请您挖掉我的一只眼睛

有一个特别嫉妒、特别贪婪的人，有一天，他遇到上帝。上帝说，我给你一个机会，你想要什么，我就给你什么。但我有一个前提，就是给你一份，同时就要给你的邻居两份。

这个人贪婪自私，而且非常嫉妒他的邻居。他先说要田产，但又一想，我要一千亩，那邻居不是就有两千亩了吗？这不行！

想想，还是要金钱，但是又想，我要了一千万，那邻居不是就有两千万了吗？这也不行！

想想，还是要美女吧，可是，我要一个，邻居不就有两个了吗？更不行！

想来想去，他把这个唯一的机会表达成什么了呢？

他咬牙切齿地对上帝说：那你就把我的一只眼睛挖掉吧！他想，这样的话，邻居就要被挖出两只眼睛。

故事虽然虚构，但是，在日常生活中，这样的人不能说没有。遇到天赐良机，我们都想得到，如果又怕别人得到，那么我们只有请求上帝挖掉自己的眼睛。真是：

金钱美女都想要，
担心别人也得到。
贪婪嫉妒一把刀，
最后就把眼剜掉。

富贵·贫贱

《史记·苏秦列传》记载：苏秦为六国相后，他的兄弟、妻子、嫂子斜着眼睛不敢抬头正眼看他，都俯伏在地上十分恭敬地伺候他用餐。于是，苏秦便对嫂子说："你为什么以前对我那样傲慢，现在却对我这般恭顺呢？"他嫂子赶紧像蛇一样弯曲身子匍匐到他面前，用脸贴着地面谢罪说："因为我看到小叔子您地位显贵钱财多。"苏秦感叹说："同样是我这个人，富贵了，亲戚就敬畏我；贫贱时，他们就轻视我，何况一般的人呢！"

苏秦嫂子前后的态度以及苏秦的叹息，把世态的炎凉，人情的冷暖演绎得入木三分。得势的时候，门庭若市；失势的时候，门可罗雀。可能古今都一样。

柔肠寸断

《世说新语》记载：东晋大司马桓温率军入川，乘船过三峡的时候，他的部队里有人在岸边抓了只小猴子放到船上，小猴子的妈妈就沿着江岸追赶桓温的部队，一路追，一路哭，一路哀叫自己的孩子，一直追了一百多里，这只母猴终于跳到船上。母猴跳上船以后，看到自己的孩子，当场就死了。士兵破开母猴的肚子一看，里面的肠子都一寸一寸地断裂了，十分惨烈。桓温知道后大怒，于是下令将捉小猴子的人逐出了队伍。

1800 多年前的古人都知道与动物和谐相处的道理，难道不值得今天身背猎枪、手拿屠刀的人们深思？

孔子讲人生品德；
庄子讲人生态度；
老子讲人生智慧。

孔子善于问答；
孟子善于比喻；
老子善于思辨。

选取中等

曹操的妻子卞氏，也就是曹丕和曹植的生母，一个很智慧的女人。据说，曹操每次从外面带回一些珠宝首饰，都要让老婆亲自挑选。有一次，曹操取出一些首饰让卞氏挑选，结果她只拿了一副中等的。曹操问她为何不选最好的？她回答说：“取最好的是贪心，取最差的是虚伪，所以我就选取了中等的。”

曹操老婆这番话，足见中国人为人处事、待人接物的中庸之道。

世态炎凉古今同，
得势莫道情义重。

一旦人走茶凉时，
昨日好友去无踪。

老子的哲学

鲁迅先生说：“不读《老子》，就不知中国文化，不知人生真谛。”

胡适先生也说：“老子是中国哲学的鼻祖，是中国哲学史上第一位真正的哲学家。”

德国前总理施罗德曾经呼吁，每个德国家庭买一本中国的《道德经》，以帮助人们解决思想上的困惑。

日本当代学者卢川芳郎说：“《老子》有一种魅力，它给在世俗世界压迫下疲惫的人们以一种神奇的力量。”

老子在《道德经》中，多次提到水、婴儿、女人、溪谷。可见，老子是一个崇尚卑下、柔弱、虚空的人。因此，老子的哲学也可以概括为“以小胜大、以下胜上、以柔克刚、以弱胜强、以虚胜有”的哲学。所以，当今学者公认《道德经》是“哲学中的哲学”“人类最高智慧的结晶”。

老子留下五千言，
后人读了几千年。
福祸相依是真理，
居安思危少灾难。
为与不为是智慧，
恰到好处实在难。

可怜的丈夫

《孟子》里的一个经典故事：齐国有一个人，家里有一妻一妾。那丈夫每次出门，必定是吃得饱饱地、喝得醉醺醺地回家。他妻子问他一道吃喝的是些什么人，他说全都是些有钱有势的人。

他妻子告诉他的妾说："丈夫每次出门，总是酒醉肉饱地回来，问他和哪些人一起吃喝，他说全都是些有钱有势的人，但我们却从来没见到什么有钱有势的人物到家里面来过，我打算悄悄地看看他到底去些什么地方。"

第二天早上起来，她便尾随在丈夫的后面，走遍全城，没有看到一个人站下来和她丈夫说过话。最后他走到了东郊的墓地，向祭扫坟墓的人要些剩余的祭品吃，不够，又东张西望地到别处去乞讨一些。原来他就是这样吃得酒醉肉饱的。

他的妻子回到家里，把这件事告诉了他的妾，并说："丈夫是我们仰望而终身依靠的人，现在他竟然是这样的！"二人在庭院中咒骂着、哭泣着，而丈夫还不知道，得意洋洋地从外面回来，在他的两个女人面前威风十足。

孟子的讽刺是辛辣而深刻的。一个男人活到这个份上，算是够可怜、可悲的了。我们今天读这个故事，仍然可以感受到生活中有这位齐国丈夫的影子。他们在老婆、孩子面前显摆，在同事、朋友面前炫耀，今天我与某书记钓鱼，明天我与某明星吃饭，后天我与某大款打牌，如此等等，不一而足。

俯仰无愧

孟子说，君子有三乐，其中一乐就是"仰不愧于天，俯不怍于人"。直白地讲就是：抬头看天，不觉得惭愧；低头看人，不觉得惭愧。在今天，一个人能够做到保护生态、尊重自然、善待生命，对上天有一种敬畏之心；同时，在生活中，扶危救困、乐善好施、成人之美，对他人有一颗向善之心。那么他就俯仰无愧，快乐自在。

任性的嵇康

嵇康，三国时曹魏文学家，"竹林七贤"之一，文学、玄学、音乐等无不博通。司马昭曾想拉拢嵇康，但嵇康倾向皇室一边，对于司马氏采取不合作态度，因此颇招忌恨。司马昭的心腹钟会想结交嵇康，受到冷遇，从此结下仇怨。于是钟会在司马昭面前大进谗言，加快了嵇康的死亡进程。嵇康被判死罪后，有三千太学生提出要拜他为师，没有批准。临刑时，秘康眼看时辰将到，就让人把琴拿来，在刑场上演奏了一曲《广陵散》。演奏完毕，秘康说，《广陵散》从此成为绝唱！然后从容赴死，时年四十岁。

竹林七贤有嵇康，
才俊旷远性情刚。
恃才傲物太任性，
一曲广陵成绝响。

好为人师

孟子说：“人之患，在好为人师。”如果此话的本意翻译为：“人最大毛病是喜欢当别人的老师。”那么孟子就应该是“好为人师”的标本。我觉得孟子的本意应该指的其他方面，比如：别人说话，我们总喜欢提出自己的看法；别人做事，我们总喜欢提出自己的意见；别人遇到问题，我们总喜欢提出自己的建议……我们对别人有太多太多的批评、意见、建议和看法，自以为是、自吹自擂、自卖自夸，这些就是好为人师的临床表现。

孟子的两个比喻

比喻一：有个人每天偷邻居一只鸡，别人给他说，这不是君子的行为。他说：好，我就减少一点，每月偷一只鸡，等到明年，我就不偷了。

比喻二：有人用一杯水去救一车木柴的火，火没有熄灭，就说水不能救火。

这两个比喻给我们这样的启示：恶行，知错就改，不能等待；善举，积少成多，持之以恒。

《周易》是：变化的现象、不变的规律、简单的真理、智慧的哲学。

人间随处有乘除

清代名臣曾国藩在给他弟弟曾国荃的信中写过这样一段诗句：“左列钟铭右谤书，人间随处有乘除，低头一拜屠羊说，万事浮云过太虚。”诗中的“屠羊说”是说有个宰羊的屠夫，他曾帮助楚昭王恢复失去的天下，但楚昭王复国后再三请他出来做官，都被他谢绝。他说，大王丢了国土时，我也丢了宰羊的工作，现在大王重登宝座，我又操起宰羊刀，我们都恢复了过去的一切，这不是很好吗？

“左列钟铭右谤书”。功成名就后，尽管左面挂满了朝廷的褒奖状，但不要忘记，在主子的右边还放着毁谤、诋骂我们的信件。一定要记住“功高震主”的教训，不必因此自满自傲；对谤书也不必惧怕，这也同样没什么了不起，不必生气。

“人间随处有乘除”。荣辱、祸福、进退、得失，都没有定数，不会永久不变，就如天平一样，这头高了那头低，不必想不开。

“低头一拜屠羊说”。只要能像屠羊说那样对待名利得失，功成身退，就能自保无虞。

“万事浮云过太虚”。一旦进入如此境界，就能超凡脱俗，远离尘世，什么荣誉，什么毁谤，都不过是天之上的一片浮云，一会儿就要被风吹散的，留下的仍然是白云蓝天。

失败在自己

孙子说：“不可胜在己，可胜在敌。”意思是“失败了，原因在自己；胜利了，原因在对手”。孙子是我国古代著名的军事家，我们不要认为他的思想只是应用于军事作战，其实对我们的人生一样适用。在人生的一些重要阶段、一些关键节点，我们失足了、我们失败了，究其根源，问题还在我们自身，我们往往被自己打败。

何忧何惧

孔子说："内省不疚，何忧何惧？"就是说："一个人做到问心无愧，哪来的担忧？哪来的恐惧？"不愧为孔子，真是说得太精妙了。一个人为什么担忧？为什么恐惧？根源就在一个"疚"，为什么疚？良心受拷问，良知受追问，内心不安宁，内心不踏实，你能不担忧？你能不恐惧吗？

怎样读《易经》

现在市面上有很多解读《易经》的普及读物，如果我们抱着占卜算命的心态去读《易经》，我们就很难读懂它。一是晦涩难懂，书中很多生僻字，需要借助新华字典和古汉语词典才能解决；二是大失所望，你就把 64 卦读完，也不能准确算出你未来的命运。那么怎样读《易经》呢？

一是认识阴阳。大千世界，一阴一阳谓之道。天地、日月、昼夜、寒暑、男女、上下等都有阴阳之分。太极图最能代表中国文化中的阴阳观念。阴阳交汇，相互包含，阴中有阳，阳中有阴，阴阳平衡，安然无恙。

二是把握动静。天地相合而万物产生，阴阳相接而变化发生。这个世界永远处在运动变化之中，是绝对运动和相对静止的统一。但是，运动是有规律的，而不是杂乱无章的，我们做任何事情，都要按客观规律办事。

三是懂得好坏。因为事物是不断发展变化的，我们就要懂得没有哪个永远顺风顺水，也没有哪个永远多灾多难。最重要的是活好当前，谨慎走好每一步，开心过好每一天。顺境的时候，要居安思危，逆境的时候要坚强自信。

在历史上，我觉得只有朱熹对"忠恕"的解释最通俗易懂，那就是"尽己之谓忠，推己之谓恕"。也就是尽心尽力就是忠，将心比心就是恕，说起来就这么简单，但是一个人终生能够做到"忠恕”吗？难！难！难！

愚不可及

宁武子是春秋战国时代卫国有名的大夫。历经了从卫文公到卫成公完全不同的两个朝代，宁武子做到了“邦有道则知，邦无道则愚”。孔子对他的评价是“其知可及也，其愚不可及也”。人在得意的时候，锋芒毕露，大家还可以做到，但是，在失意的时候，平淡老实，就不是所有人能够做得到的了。因为当一个人失意的时候，往往牢骚满腹，怨天尤人。

所以，“用之则行”，当领导赏识你的时候，你就要心存感激，有所作为，绝不能成一个趾高气扬的狂妄之徒；“舍之则藏”，当领导冷落你的时候，你就要卧薪尝胆，韬光养晦，绝不能成垂头丧气的丧家之犬。

猩猩贪杯的警戒

猩猩是一种喜欢喝酒的动物。山脚下的人，在路边摆着装满甜酒的酒壶，旁边放着大大小小的酒杯，同时还编了许多草鞋，把它们勾连编缀起来。猩猩一看，就知道这都是引诱自己上当的，它们还知道设这些圈套的人的姓名和他们的父母祖先，便一一指名骂起来。可是骂完以后，有的猩猩就对同伴说：“为什么不去稍微尝它一点呢？不过要小心，千万不要多喝了！”于是就一同拿起小杯来喝。喝完了，还一边骂着一边把酒杯扔掉。可是过了一会儿，又拿起比较大的酒杯来喝。喝完了，又骂着把酒杯扔掉。这样重复多次，喝得嘴唇边甜蜜蜜的，再也克制不住了，就干脆拿起最大的酒杯大喝起来，根本忘了会喝醉的事。喝醉以后，便在一起挤眉弄眼地嬉笑，还把草鞋拿来穿上。这时候，山脚下的人就出来追捕它们，结果互相践踏，乱作一团，没有一个跑脱。

梁毗哭金的启示

隋文帝时，梁毗初任西宁州刺史，当地一些富商为了拉拢讨好他，纷纷向他进献大量的金银财宝。对此，梁毗给予了严词拒绝。富商们以为他假正经，还是三番五次地进献，可每次梁毗都流着泪对富商们说："你们拿这些东西来贿赂我，尽管目前没有什么事求我，但往后必让我犯法，这是想毁我呀！"

猩猩酗酒只为贪；
梁毗哭金为了安；
心存侥幸难脱身；
自取灭亡一瞬间。

在历史上，那些乐于、长于、精于计谋的人，最终大多也败亡在自己的计谋上。

谦让如尧舜，
争夺如楚汉，
流芳与刀光，
千年梦一场。

孤愤出绝唱，
荡气又回肠，
上下五千年，
忧国忧民殇。

脸上的唾沫不要擦

娄师德是唐朝宰相，娄师德的弟弟被任命为代州刺史，走马上任前，娄师德对弟弟说："我的才能不算高，已经做到了宰相，现在你又要去做很高的地方官，有点过分了，别人会嫉妒我们的，那么怎样才能保全自己呢？”

弟弟连忙跪下说：“从今以后，即使有人把唾沫吐到我的脸上，我擦了就是，绝不让哥哥担心。”

娄师德说：“小弟呀，这正是我最担心的呀，别人把唾沫吐到你的脸上，说明人家对你发怒了，如果你马上擦了，说明你对别人的行为不满，这样就会让别人更加愤怒，最好是让唾沫不擦自干，含笑而受之。”

读了娄师德这则故事，我想：一个人真能忍到这个份上，要么是大智，要么是大奸。

神仙之福

明朝有个人每天晚上跪在庭院里烧香拜天，一跪就是 30 年。

神仙为其诚意所感，于是下凡站到他面前，问他想要什么？

这个人说：“我要求并不高，只求这辈子粗茶淡饭，如果有点闲钱，就去游玩山水，没有病痛，无疾而终。”

神仙一听，吓了一跳：“我的妈呀，你还说你要求不高，你要功名富贵，我都可以给你，可是你求的是神仙之福，我没有办法。”说完，神仙飘然而去。

难道荣华富贵就真的那么易求？平凡生活就真的那么难得？

随弯就势・守辱处下

老子说：“曲则全……洼则盈。”地球上没有一条笔直的道路与河流，所以驾车、行船必须随弯就势，才能确保安全。人生道路又何尝不是这样呢？如果该弯曲、该委屈的时候，硬要刚强直行，其结果必定是头破血流，遍体鳞伤。

低洼之处往往能够吸纳泥水而逐渐淤积增高。一个守辱处下的人，才有博采众长的境界与海纳百川的度量，其结果自然会日益变得智慧和高尚。

让他三尺又何妨

六尺巷是安徽省桐城市的一处历史名胜。巷南为宰相府，巷北为吴民宅，全长 100 米，宽 2 米，均由鹅卵石铺成。清朝康熙大学士张英的老家与吴家为邻，两家之间有一块空地，仅供双方交通来往使用。有一年，吴家建房要占这个通道，张家不同意，双方将官司打到县衙门，县官考虑两家都是名门望族，不敢轻易裁断。于是，张家的人就写信给在京城做官的张英，要求他让当地官府帮忙撑腰，张英收到信后，随即回诗一首：

千里来书只为墙，
让他三尺又何妨？
万里长城今犹在，
不见当年秦始皇。

家人看完信，明白其中之意，主动让出三尺空地，吴家见状，深受感动，也主动让出三尺，这样就形成了一个六尺宽的巷子。六尺巷因此而得名。后来，康熙知道此事，敕立牌坊以弘扬谦让之美德。

读完六尺巷的故事，想想今天许多人整天争争抢抢，赋诗二首：

勾心斗角只为名，
让他几分行不行？
多少豪杰今何在？
寒鸦树下是荒坟。

尔虞我诈只为利，
让他几分莫在意。
家财万贯日三餐，
积到多时眼睛闭。

自欺·欺人·被人欺

明朝有位学者说：任何一个人，一生只做三件事：自欺、欺人、被人欺，如此而已。在生活中，自以为是、自命不凡者，就是自欺；欺上瞒下、欺世盗名者，就是欺人；让人利用、上当受骗者，就是被人欺。

其实，自欺者，往往也是欺人者，一个连自己都要欺骗的人，谁相信他不会欺骗别人？欺人者，往往也是被人欺者，因为爱人者，人爱之；敬人者，人敬之；整人者，人整之；欺人者，人欺之。

不自欺，明也；不欺人，诚也；不被人欺，智也。

因此一个人要真正做到不自欺、不欺人、不被人欺，一要活得明白；二要活得诚信；三要活得智慧。

陈胜称王之前，说的是："苟富贵，勿相忘。"

陈胜称王之后，做的是："苟富贵，必相忘。"

孝子·忠臣·以死谢罪

石奢纵父而死。石奢为楚昭王的相国，有次外出，路遇一人行凶，石奢追击，没想到凶手竟是自己的父亲，于是放走了自己的父亲。回来之后，石奢便把自己拘禁起来，并报告楚昭王说："凶手是我父亲，如果我把父亲缉拿归案，这是不孝之子；但是，如果我徇私枉法，这又是不忠之臣，因此，我罪该致死。"楚昭王听后，为其开脱："你只是追捕凶犯没有追捕上，不应该受制裁，你还是安心做好自己的本职工作吧！"石奢说："不偏袒父亲，不是孝子；不执行法律，不是忠臣。大王，您豁免我的罪过，是大王您的恩惠，但是，依法而死，则是臣的职责。"最后，石奢自杀身亡。

李离过杀而伏。李离是晋文公的法官，有一次，他因失误判了别人死罪，结果自己把自己拘禁起来，判处自己死刑。晋文公为此开脱说："官职有贵贱之分，刑罚有轻重之别，这是你下属的过错，不是你的问题。”李离说：“我身为长官，不曾将职位让给下属，拿到的俸禄也没有分给下属，现在，自己有了过错，却把责任推诿给下属，没听说过。”李离坚决不接受晋文公的诏命，最后自刎而死。

司马迁说：“石奢纵父而死，楚昭名立；李离过杀而伏剑，晋文以正国法。”

在今天的法治社会，徇私枉法有没有？有！冤假错案有没有？有！而像石奢、李离这样为了捍卫法律的尊严，主动以死谢罪的人却不多。

没关系，以后我们还是朋友

汉朝有个官员名叫直不疑，为人低调，不喜欢别人对他以官名相称呼，于是人们就叫他“长者”。有一次，别人错怪他偷了东西，他不仅没有勃然大怒，极力辩解，而是主动买来东西赔偿别人。当事实真相大白后，错怪他的人很惭愧地向他道歉，直不疑说：“没关系，以后我们还是朋友。”

今天，当我们遇到别人对我们的错怪、冤枉、委屈时，能做到像直不疑那样不发怒、不辩解，甚至主动背黑锅的有几人？当别人向我们认错道歉的时候，我们会说“没关系，以后我们还是朋友”吗？

有错必改的家风

汉代有个人叫石奋，家风甚严。每当儿孙出现过错，他从不直接责备他们，而是不言不语坐到一边，对着餐桌不肯吃饭，直到儿孙认识到错误，让长辈领着来认错道歉，并表示坚决改正；石奋才肯答应他们的请求。在他的言传身教之下，石家孝敬严谨的家风妇孺皆知，连汉景帝都说：“石奋和他的四个儿子都官至二千石，做人臣的尊贵荣耀都集中到他们一家了。”

石奋教子给我们两点启示：一是父辈的身体力行远胜于对子

女的空洞说教；二是当子女出现过错，与其对他们当面斥责，不如我们深刻反思。

秦始皇的功劳，无人能比；
秦始皇的过错，罄竹难书；
秦始皇的陵墓，神秘莫测。

纵观中国封建社会的文人，无不以功成名就为首选，以寄情山水为退路。

西施乱吴　伯嚭美吴

公元前 496 年，吴越檇（zuì）李之战，吴军大败，阖闾战死沙场，太子夫差当上新的吴王，派人朝夕立于庭门，凡夫差出入，就问："夫差，你父亲是怎么死的？"两年之后，吴越夫椒之战，越王勾践战败，向吴王俯首称臣，越王勾践在自己房门口挂一苦胆，每天"坐卧即仰胆，饮食亦尝胆"。

可见，吴王夫差的杀父之仇，越王勾践的亡国之恨是多么刻骨铭心。两人的自我警醒真是异曲同工，可是，最终还是吴王夫差败在越王勾践手里。究其原因，与其说是"西施乱吴"，不如说是"伯嚭卖吴"。

伯嚭，春秋晚期人，出身于楚国一个贵族家庭，后因家难逃到吴国，得到吴王宠信，屡有升迁，直至宰辅。伯嚭为人，好大喜功，贪财好色，为一己私利而不顾国家安危，内残忠臣，外通敌国，使吴国在吴越争霸拥有绝对优势的条件下，丧失有利时机，最后败亡。在这场戏剧性的历史较量中，伯嚭是一个举足轻重、至为关键却又极不光彩的人物。

人们只记住了西施的色，却忽略了伯嚭的坏，就是这个伯嚭让吴国永远成为历史。

秦始皇焚书坑儒，并不是什么书都焚，什么儒都坑。焚书，主要是焚六国的史书，让六国从人们的记里永远消失；坑儒，主要是坑方士，让那些曾经忽悠他可以长生不老的方士从人们的视野里永远消失。

忠义救了小命

在中国封建社会，宫廷政变，朝代更迭，胜者为王，败者为寇屡见不鲜。新朝当政者大多要对前朝权贵“秋后算账”。每当此时，旧朝权贵如果对过去的所作所为百般狡辩，矢口否认，可能落得诛灭三族的下场；而有的则不卑不亢，大义凛然，反而让新继位的主子觉得这个人很忠义，最后还捡回一条人命。

历代帝王，疑心最重的莫过于明太祖朱元璋，竟然到了必须设置专门的特务机构来监视身边的人。

曾国藩那套阴柔的处世哲学，客观地讲是传统文化熏陶的产物。那曾国藩究竟是智慧？是狡诈？是庸人？是懦夫？

楚汉相争，刘邦长于斗智，项羽长于斗勇，结果是智者为王，勇者为寇。

项羽，历史上一个让人遗憾、让人叹惜的悲剧英雄。与其说是历史选择了刘邦，不如说是项羽成就了刘邦。

刘邦：《史记》中司马迁对其描述仅四个字：好酒及色。刘邦本人的一句口头禅也就四个字：为之奈何？按照当今社会的评价标准，刘邦称得上是一个流氓，一个贫穷的流氓，一个没有文化的流氓。但是，那些不是流氓的人，他用得好；那些不是流氓的人说的话，他听得进；那些不是流氓的人的心，他揣得透，这就是他成就霸业之道、之谜、之妙。

项羽：

巨鹿之战，破釜沉舟，自绝后路；

垓下之战，疲于奔命，走投无路。

韩信：
他的名气，天下无人不知；
他的功勋，天下无人可比；
他的忠诚，天下无人可及；
他的结局，天下无人可忍。

萧何太有才，所以刘邦委以重任；
萧何太有才，所以刘邦忐忑不安。
萧何太有才，所以萧何任劳任怨；
萧何太有才，所以萧何提心吊胆。

张良的智慧

刘邦称帝后大封功臣，封萧何八千户，而让张良自择齐地三万户。张良坚决辞让，求封留侯，封地选在留县（今江苏徐州市沛县），张良选择此地，足见其远见的政治智慧。一是此地是张良与刘邦相遇之地，选择此地，可让刘邦常怀感恩之心；二是此地人烟稀少，不具备集结武装力量的条件，选择此地，可让刘邦消除猜疑之心。

刘邦衣锦还乡时唱《大风歌》；
项羽穷途末路时唱《垓下歌》。

楚汉之争，刘邦、项羽两大集团你死我活，势不两立。

刘邦的口头禅是：怎么办？一个问号，取得天下；
项羽的口头禅是：给我打！一个感叹号，兵败垓下。

令人动容的耿直：项羽被围，临终之前，发现追杀自己的汉军中有吕马童（曾是项羽的部下，后归降了刘邦），项羽对他说：我听说汉王用重金来悬赏我的头颅，我为你做件好事，你把我的头拿去吧！于是自刎而死。

刘邦屡战屡败，关键是赢了最后这一次；
项羽屡战屡胜，关键是输了最后这一次。

“狡兔死，走狗烹；飞鸟尽，良弓藏。”历史上最先说这句话的是越王勾践的部下范蠡，现实中，应验这句话的人总是前仆后继：白起、伍子胥、文种、吴起、李牧、商鞅、韩信、周亚夫……

赵匡胤在选人用人方面实行“举官不当者连坐”之规定。史书记载：宋初很注重官吏管理问题，除了正常的贡举制度选拔任用官吏，朝廷还经常给各级官员下举荐任务，不但要完成举荐人才，还要对所举荐人的行为终身负责。被举荐的人将来官做得好，举荐者一同授奖，被举荐人官做得不好，举荐者一起受罚。今天可否适用？

绿色环保的宋太祖

赵匡胤之女永庆公主有一次穿了一件新衣服进宫，短袄上粘贴着绣花，点缀着翠羽，太祖对她说：“这件衣服能用多少翠羽？用不着这么小题大做吧，你一穿这样的衣服，宫中外戚必定争相效仿，如此一来，京城的翠羽价格就会疯长，商人就会乘机逐利，翠鸟被杀也会增多，这些全都是你引起的。”你看宋太祖多么绿色、多么低碳、多么环保。

南唐后主李煜，在治国理政方面，算是“窝囊废”——故国不堪回首月明中；在诗词歌赋方面，堪称“高大上”——恰似一江春水向东流，经历了国破家亡大灾难，炼就了千古绝唱大手笔。在我国历史上，可以没有李煜这样一个皇帝，但是，不能没有李煜这样一位词人。

历史也有真伪，真实的历史由人民书写，虚假的历史由奸臣杜撰。

纵观中国封建史，作为大臣，功可以高，但不能盖主；位可以尊，但不能越君。

卫青：卫青与汉武帝的关系既特殊又微妙，但是卫青终其一生慎言慎行，始终能够摆正君臣位置，即使受到最不公正的待遇，也能够泰然处之，这就是卫青的大智慧。

范蠡和文种，都是帮助越王勾践卧薪尝胆、东山再起的有功之臣。最后，范蠡不听越王劝留，请求隐退，获得善终；文种不听范蠡劝告，抱有幻想，获剑自刎。

《韩非子·说林下》曰：“刻削之道，鼻莫如大，目莫如小。鼻大可小，不可大也；目小可大，不可小也。”翻译为：“雕刻的技巧往往是，鼻子不如刻得大一点，眼睛不如刻得小一点。鼻子刻大了，可以削小，鼻子刻小了，就无法加大了。眼睛刻小了，可以修大；刻大了，就无法改小。”为人处世难道不是一样的道理？什么事都要有余地，要留空间。

南怀瑾于2012年9月29日在苏州与世长辞，享年95岁。他是中国传统文化的积极传播者，2006年在江苏吴江的太湖之滨创建太湖大学堂，并在此传道，生活简朴，著作等身。他认为人生的最高境界是佛为心、道为骨、儒为表，大度看世界，从容生活。我们今天许多人利为心、钱为骨、名为表，热闹看世界，匆匆过生活，与南怀瑾先生是格格不入的。

阅读《史记》，有多少英雄蒙杰，荣华富贵，权倾朝野，可最后落得个身首异处、死无全尸的下场，令人哀叹！阅读《史记》有多少英雄豪杰，韬光养晦，进退有度，结果实现了抱负，落得了善终，令人感叹！

中国封建社会：
富贵时，门庭若市；
贫贱时，门可罗雀；
在位时，前呼后拥；
退位时，各奔东西。

都道休官好，林下不见人

功成身退。很多人把它作为阴柔的、明哲保身的处世哲学。因为典型的教训就是“飞鸟尽，良弓藏；狡兔死，走狗烹”。我们为什么不能把它视为明亮的、顺应自然的天之大道呢？

自然界春生、夏长、秋收、冬藏，日中则移，月盈而亏，这些都是自然运化的客观规律，作为自然之子的人类本应深受启发。物极必反、福祸相依、见好就收、急流勇退，很多人都会脱口而出，就是难以认识到、做得到。

“相逢尽道休官好，林下何曾见一人？”你看，唐代诗僧灵澈说得多么绝妙。

“风萧萧兮易水寒，壮士一去兮不复还。”荆轲刺秦，悲凉凄切。历史已久远，侠义在心中。

在中国封建社会里，宫廷最不讲理，权力最不认人。

黑格尔说："人类从历史中得到的教训就是人类从来不记取历史教训。"

朝代更迭，盛衰轮回，不是简单重复，而是惊人相似。今天的一切，总能够在过往中找到影子。

古代的孝子和圣贤多出自于贫寒的家庭。

在中国封建社会，那些喜欢进言而又不能善终的人，要么高估自己，要么低估别人。

红学家周汝昌安静地走了

中国当代著名红学家周汝昌于2012年5月31日凌晨逝世，终年95岁。人，终会死亡，本来没有什么值得诧异的，但是，对周汝昌的死，我却感到震撼，震撼的是他对死亡的淡定。他的女儿周伦玲宣布："按照父亲的遗愿，不开追悼会，不设灵堂，让他安安静静地走。"在这个浮华攀比的年代，周先生走得那样从容、走得那样安静、走得那样简单。因为《红楼梦》中《好了歌》早就给了他人生答案：

世人都晓神仙好，唯有功名忘不了；古今将相在何方？荒冢一堆草没了。

世人都晓神仙好，只有金银忘不了；终朝只恨聚无多，及到多时眼闭了。

世人都晓神仙好，只有娇妻忘不了；君生日日说恩情，君死又随人去了。

世人都晓神仙好，只有儿孙忘不了；痴心父母古来多，孝顺儿孙谁见了？

对《红楼梦》，周先生终其一生，潜心研究，哪个堪比他的执着？对待人生，周先生视死如归，无疾而终，哪个堪比他的福气？

周先生，一路平安。

社会随想

当今有些人，过去被愚昧给毁了，今天被富裕给毁了。

如果可以重来

刘汉在即将执行死刑前，与记者进行了长达3个多小时的谈话。

记者问：“如果从头来过，你会选择什么样的生活？”

刘汉说：“只要能跟亲人在一起，能时时照顾他们，哪怕摆个小摊，做点小生意，我也愿意。

这就是一个死囚犯临死前的最大愿望，也可以理解为是他感到最幸福的事情，可是我们真正生活在这种状态，或者比这种状态还好一些的人，能够充分感受和珍惜这种生活吗？为什么人要到死的时候，才能真正感受到幸福原来就是这么普通和平凡呢？

“听人说”“他们说”，往往是最靠不住的。

如果一个社会缺乏诚信，那么一个开始很讲诚信的人，到后来可能会变成一个最不讲诚信的人。因为曾经的诚实让他吃了苦头。

求人是一件很无奈的事情

求人总是一件很无奈的事情，在生活中，我们怎样处理求人的事情呢？

一是量力而行。自己有多大的力量就办多大的事情，不要盲目攀比，不要心态失衡，避免一些不切实际的非分之想。

二是尽力而为。尽自己最大力量去办事情，多说说话，多跑跑路，其实无所谓，只要自己尽了力、尽了责也就无怨无悔。

水至清则无鱼，因为水里没有鱼可食的水生生物；

水至污也无鱼，因为不能生长鱼可食的水生生物。

在这个世界上，没有绝对的人治社会，也没有绝对的法治社会，而是人治中有法治，法治中有人治。

在中国，一个人做任何事情，只要能够做到“合理”，就算是拥有了大智慧。

西方人认为做事是属于科学的范畴，做人是属于宗教的范畴。中国人从来不会把做事与做人截然分开，往往认为做事也就是做人。因此，在中国，做人永远是放在第一位的。

尽管世风日下，但是并不是所有的人办所有的事都需要拿钱，也不是所有的人拿钱就能办所有的事。

祝福最多的是婚礼；
好话最多的是悼词。

对待那些热点、难点、焦点的民生问题，我们既要辩证地看，更要务实地办。

你可以怀疑真理，但是你不能把怀疑本身当真理。

麻将的普及，充分反映了部分人的赌博心理、侥幸心理以及单干意识、防人意识。

有人说你对，你不一定真的对，那是为了给你面子；
有人说你错，你不一定真的错，那是为了给他面子。

拥有、失去、错过；等待、忍耐、无奈，这就是我们最真实的人生。

有趣的人生成语串联：踌躇满志——志在必得——得不偿失——失魂落魄——魄散魂飞——飞蛾扑火——火灭烟消。

坠落总是比提升要容易得多。这既是自然规律，也是人性使然。

在农村，农民是一种职业，农民＝农业；
在城市，农民是一种身份，农民≠市民。

伪善的本质是恶；
伪装的本质是弱；
伪证的本质是虚；
伪造的本质是假。

领导艺术与领导技术虽一字之差，行为上却千差万别。领导艺术着重体现在人格、魅力、学养、威信等权威方面；而领导技术则主要表现在权术方面。

人性不完美、人心难揣度、人类需和平。（对中东地区动荡不安，武装冲突不断所想）

为政应当清醒、为政应当清明、为政应当清廉。

在西方，上帝创造世界；
在中国，人民创造历史。

上当受骗，要么为名，要么为利，要么为情。

发动战争的理由也许有很多，但是终止战争的愿望只有一个那就是和平。

当今的网络，道德裁判远远多于法律裁判。

在家里，父母对子女身教比言传更重要；
在职场，领导对职工身教比言传更重要。

性格决定命运，学习改变命运。

个别贪官，与其说是末日心态作祟，不如说是侥幸心理使然。

再见，沉重的刘翔！

北京时间 2012 年 8 月 7 日 17 点 45 分。伦敦奥运会男子 110 米栏预赛，刘翔起跑第七步摔倒，单脚跳过终点线，对最后一个栏架深情一吻，最后坐着轮椅离开赛场。

“刘翔跟我是好朋友，也是我一生最尊重的对手。”这是刘翔的对手罗伯斯的话语。

“从北京到伦敦，其实他早就不行了，就是为了骗观众、骗国家的钱。”这是部分中国网民的声音。

“要求中国体育代表团用最好的治疗手段，提供最好的医疗保障，对刘翔的伤病抓紧治疗，希望刘翔尽快康复。”这是国务委员刘延东的指示。

一瞬间，刘翔是阴谋还是英雄的大争论变成了人性善恶标准的大讨论。

在此，我只想说：刘翔，一个人的压力，一个民族的遗憾；一个人的痛苦，一个时代的悲哀。

再见了，110 米栏！

再见了，1356 特别号牌！

再见了，沉重的刘翔！

2010 年 12 月 30 日，《人民日报》将国务院总理温家宝的名字错印成了“温家室”。事后，温总理给报社领导打来电话说：“你们这个错误我看得出来，是五笔字型打字错了，总结教训就行了，千万不要处理任何人。”这是包容的话语，也是智慧的声音。

贫穷的富裕生活！富裕的贫穷生活！大多数人愿意选择前者。

有的人喜欢看悲剧，是因为看到有人比自己还悲苦惨淡时，有点悲悯的慰藉感；有的人喜欢看喜剧，是因为看到别人的荒诞滑稽时，有点轻佻的优越感。

攀比，既是人间的常态，也是人生的误区。有的人比出了烦恼和痛苦；有的人比出了感悟和幸福。

食不厌精；
脍不厌细；
人不厌利。

所谓“真性情”就是敢爱敢恨，敢输敢赢（读书有感）。

大地的表面不柔软，人们怎么留下足迹？
人们的心灵不柔美，别人怎么刻下痕迹？

事情与情事。事情：说得清的都是事，说不清的都是情；情事：没有情，想“做事”。

人活一辈子：
永远不知道什么对自己最重要，那是失误；
终于知道了什么对自己最重要，那是醒悟；

身体力行了什么对自己最重要，那是觉悟。

天道是：春夏秋冬，周而复始；
王道是：胜者为王，败者为寇；
人道是：己所不欲，勿施于人。

这个世界是虚假的存在吗？如果是，为什么我们又觉得眼前的一切都那么真实？这个世界是真实的存在吗？如果是，为什么我们又不能真实地面对？

谁说现在的婚姻没有被物质化？你去数一数《婚姻法》中“财产”“分配”“公证”等词汇出现的次数吧，

当官，要先学会做人；
经商，要先学会做人；
交友，要先学会做人；
养生，要先学会做人。

中庸。中：平平稳稳，一种平衡的能力；庸：平平常常，一种平庸的表现。这些就是中国人的哲学。

伪善，实质是丑和恶，表现则是美和善。

精油是炼出来的；
精华是磨出来的；
精英是熬出来的；
精神是养出来的。

有些人也崇尚“有所为”“有所不为”，其核心在于对自己是否有利。有利则为，无利则不为。

作人是一门学问；
作伪是一门艺术；
作秀是一门技术。

少年不识人间愁滋味，敢试敢闯，做错了，有时间来补救；
老年饱尝人间烟火味，谨小慎微，做错了，没时间来后悔。

如果一个社会缺乏信仰，那么就会出现：
为官，虚者多，实者少；
为商，欺者多，诚者少；
为人，术者多，信者少。

所谓信仰，是对某人或某种主张、主义、宗教极度相信和尊重。一个没有信仰的人，行为将不受约束，内心将变得疯狂；有了真正的信仰，心中将充满敬意，内心将变得强大。

在小城镇里，我想人们更容易和睦友好相处，因为见面机会多，丑闻传得快。

一个人的故乡情结最重的主要在两个时期：一是少年时期的乡音；二是老年时期的乡愁。

中国人不患寡，而患不均。对地位的不平等，觉得理所当然，但是对财富的不平等，却难以接受。

有的人对待腐败，深恶痛绝，但是自己去办事又总想占便宜；
有的人对待无序，嫉恶如仇，但是自己去排队又总想加塞子。

交通安全“三令五申”，而交通事故总是“三翻五次”（有时三个月还不止翻车五次）。

文山越垒越高，是因为“愚公”难再生；
会海越来越深，是因为“精卫”难复活。

议论不是讨论，讨论不是争论，争论不是评论，评论不是结论。

最没有个人观点的电视台就是凤凰卫视中文台。因为它的很多栏目结束，主持人都要说一句：“以上内容不代表本台立场。”

诚信，为人之本，成事之基。

一个人太聪明，往往最后也就败在自己的聪明上。

在一个单位，无论你多么优秀、多么能干，一定要看轻自己，看低自己。记住：你在别人心目中，永远没有你想象的那么重要。

人性既有天使的一面，也有魔鬼的一面。当你面对一个有人格魅力的上司，你就会释放天使的元素；当你面对一个人品极差的上司，你释放的可能就是魔鬼的毒素。

金钱不重要，老了才知道

有人做了一个很特别的调查：问暮年之人最后悔的事情是什么？其调查结果排列如下：

①年轻时没有努力
②选错职业无成就
③对子女教育不当
④未坚持锻炼身体

⑤没有珍惜伴侣
⑥对双亲孝敬不够
⑦有婚姻没爱情
⑧没能周游世界
⑨一生缺乏刺激
⑩赚钱太少（此项排最后且仅占10%）

一个极度穷困的人一旦富裕了，他就觉得贫穷最可怕，富裕最重要，至于面子、尊严等等都变得不重要。钱包鼓了，尊严丢了。

有的人为了进，结果一落千丈；
有的人因为退，结果一举千里；
有的人为了进，结果一场春梦；
有的人因为退，结果一竿风月；
有的人为了进，结果一败涂地；
有的人因为退，结果一路平安；
有的人为了进，结果一无所成；
有的人因为退，结果一举成名；

只要你好为人师，别人就会敬而远之。

赌博，本来是个零和游戏，也就是输家所输一定等于赢家所赢。但是，赌博结束之后，输赢的数额不能归零，输家往往多报输的数额，可能是一种寻求同情的心理；赢者往往少报赢的数额，可能是一种免遭忌恨的心理。

居庙堂之高，别人努力来接近你，看重的是你的权力；
处江湖之远，有人还要来接近你，看重的是你的魅力。

当你位高权重的时候，前呼后拥，门庭若市，这些现象都与你人无关；

当你退居二线的时候，形只影单，门可罗雀，这些现象就与你人有关。

世界上不论哪个国家，贫穷总是一模一样，富裕则是各不一样。贫民窟只是分布在世界上不同的地方，有的富人回馈社会、热衷慈善；有的富人讲究排场、包养名模。贫民的多少反映了这个社会的经济水准，而富人行为则折射出这个社会的道德走向。因此，从某种意义上讲，贫民是一个经济指标，富人是一个道德指标。

不到国外，你真的不能切身感受到中国是一个人口大国、发展大国。

最了解你的人往往是你的父母、老师、伴侣、领导、同事、朋友。如果你真想了解自己的不足，不妨虚心听听他们的意见。

为人太方，别人不愿接近；
为人太圆，别人不敢接近。

刻薄之人，言语刺耳，行为怪异。本质还是太自我。

人在本性上，有一种拥有他人隐私的优越感，更有能传播他人隐私的自豪感。

万无一失是理论；
必有一失是现实。

自以为是、自作聪明，往往就是自取其辱、自取灭亡。

相互争辩、相互攻击，双方都已经去掉了一个最高分。

当你阅过很多人、经过很多事、走过很多路之后，你至少有两点收获：人是最渺小的，事物没有不变的。

精神上的追求，可能塑就一个人的硬骨；
物质上的癖好，可能就是一个人的软肋。

女为悦己者容，容易；
士为知己者死，困难。

如果你想知道一个人对待人生的态度，你就看他对金钱的态度吧。

天道是春夏秋冬；
兽道是弱肉强食；
王道是成王败寇。

唯有尝尽人间冷暖，才能视过往为云烟。

在信息社会，从某种意义上讲，我们每个人都是孤陋寡闻的。

假冒伪劣充斥市场，辨假的能力远远赶不上造假的速度。

造假很简单，辨假很复杂。

领导干部，不仅要做好人（有德），还要做能人（有才）。

世上之人，不自知者十之八九；
世上之事，不如意者十之八九。

现代人强化了感官刺激，退化了感动能力。

当今中国，对国民幸福指数的拷问，交通问题不亚于环境问题。

安全问题，表象是责任问题，本质是爱心问题。

无亲者孤，
无友者独，
无德者坏，
无才者平，
无能者懦。

钱，都想要；
赌，都想赢；
怨，由此结；
恨，由此生。

每当看到食品包装上用醒目的黑体字标注。大只不含任何防腐剂和添加剂。我便顿生疑问：是此地无银？不是欲盖弥影？

2013 年，美国当地时间 4 月 15 日（北京时间 4 月 16 日），在波士顿马拉松比赛终点附近，发生两起爆炸事件。在凶残卑鄙的恐怖活动面前，体育运动变得多么的不幸和无辜。有谁记得这场比赛的胜利者？没有！这场比赛没有胜利者，只有受伤者，这场比赛有没有终点？没有！这场比赛的终点叫天堂。

人，伪装一次并不难，难的事一辈子都伪装。

有人胜利，胜利在放松上；
有人失败，失败在紧张上。

民以食为天，
食以安为先，
安以法为限。

人的外形千差万别，人的本性大同小异。

人际关系的恶化，要么源于名，要么源于利。

如果一个人整天都想利与名，他就很难利于民。

战争，可以让布衣成英雄；
网络，可以让草根成名人。

为文当圆，为人当正，为官当廉。

对一个企业来说，产业链条的长度就是企业生命的长度。

如果一个民族普遍崇尚物质财富的追求，那么这个民族就很难产生真正的信仰。因为，这个世界上的信仰大多与物质无关，

如果你实在不知道一个人爱好什么，那就看他讨厌什么吧！

先辈财富总有吃光的一天；
恶人坏事总有报应的一天；
持之以恒总有事成的一天。

爱美之心，人皆有之；好恶之心，人皆鉴之；敬畏之心并非人皆有之、鉴之。

人类在忘却中前进，
历史在记忆中书写。
痛苦在忘却中淡化，
幸福在记忆中刷新。
仇恨在忘却中褪色，
感恩在记忆中发酵。

当今社会，时间对有的人来说相当于金钱，对有的人来说相当于生命。如果你既不能给别人金钱，也不能给别人生命，那么你就应该努力做到不去浪费别人的时间。

名利往往让智者更智、愚者更愚、傻者更傻。

最近，我阅读了反腐警示教育书籍《贪官忏悔录》，觉得贪官的腐败历程何其相似，贪官的忏悔感受如出一辙。唯有不同的是他们的姓名、年龄、性别、职位、刑期。

对于穷人来说，有钱最重要；

对于富人来说，无钱最可怕。

赌徒心理·酒鬼画像

当赌博输得一塌糊涂之后，在“捞回成本就撒手”的目标下，越赌越大，越赌越输，这就是典型的赌徒心理；当喝酒喝得酩酊大醉之后，在“再喝酒是孙子”的誓言中，越喝越醉，越醉越喝。这就是典型的酒鬼画像。

过去，生怕别人说自己有钱；现在，生怕别人说自己没钱。对待金钱，为什么有的人喜欢这种不真实的表达？

有钱，自己不愿花，别人也花不成，典型的守财奴；金钱，让守财奴一毛不拔。

有钱，自己可以花，别人却花不成，典型的吝啬鬼；金钱，让吝啬鬼视钱如命。

老人在大街上摔倒了，该不该扶？在国外，无可非议；在中国，颇有争议。老人在大街上摔倒，本来摔下的是风险，扶起的是道德，可是，现在摔下与扶起都成了风险。

不管社会如何变化，人的本性难以改变。

这个时代不乏明星，缺少的是名人，稀缺的是名副其实的名人。

舆论可以让政客倒台；
舆论可以让明星获利；
舆论可以让草根出名。

官与民

你视百姓为草芥，百姓视你为粪土；
你眼睛一味向上看，百姓就俯视你；
你眼睛经常向下看，百姓就仰视你；
你把百姓放在心上，百姓就把你放在台上；
百姓在你心中占多少分量，你在百姓心中就有多大重量。

一个利欲熏心的人，为官，必不廉；为商，必不仁；为友，必不义。

当个清官，亲戚朋友可能要怨你，因为他们无利可图；
当个贪官，人民群众绝对要骂你，因为他们忍无可忍。

为名所惑、为利所诱、为情所困，这些都是一切灾祸的根源。

当今许多社会问题，其根源就在我们精神领域出了问题。

没有历经苦难，怎么面见上帝?

宦海，急于求成者多，急流勇退者少；
商海，急功近利者多，急公好施者少。

富国的关键在经济；
治国的关键在政治；
卫国的关键在军事；
定国的关键在外交；
强国的关键在文化。

人的中和反应

化学上的中和反应即是酸、碱中和生成另外一种新的物质——盐，有的盐溶于水，有的盐则不溶于水。人生何不如此?如果把人一生所经历的苦难、逆境、失败比作酸，把幸福、顺境、成功比作碱，所有这些经历中和之后，有的人变得成熟、睿智、豁达、乐观、稳健，能够准确看待人生，与己与人都能相容，这就像那溶于水的盐；有的人则变得幼稚、愚昧、忙乱、狭隘、消极、浮躁，不能正确认识人生，时时与己作对，处处与人为敌，与己与人都很难相容，这就像那不溶于水的盐。

动？不动？

“吉、凶、悔、吝者，生乎动者也。”这是孔子研究《易经》得出的重要哲学思想。简洁十字，包罗万象，十分精辟。吉、凶分别代表好、坏；悔指的烦恼忧伤；吝指的艰难困苦。人生面临的所有际遇不外乎这四种情形而已，再也找不出第五种情形了。那么吉、凶、悔、吝又是怎样产生的呢？皆由动念所致，也就是说我们任何一个动念所带来的结果：要么吉，要么凶，要么悔，要么吝，各占四分之一。由此看来，一个动念的结果，好的可能性只有四分之一（吉），不好的可能性要占四分之三（凶、悔、吝），一善三恶，福少祸多。那么，我们是不是就不能动、不敢动了呢？该动还得要动，不是不动，不能盲动。切记！

树直易遭砍伐；
人直易遭嫉恨；
路直易出车祸。

以恶攻恶，以恶交恶，以恶对恶，恶上加恶。

积极的“无为”是有所事事，遵从选择性原则；

消极的“无为”是无所事事，遵从盲目性原则。

老子所说的“无为”与一般人理解的“无为”有本质的区别。老子说的“无为”是做该做的事，一般人理解的“无为”就是什么都不做。

完美主义者心中总是充满缺陷；
理想主义者心中总是充满遗憾；
现实主义者心中总是充满局限。

所谓理想，就是我们心已到，而脚步还没有到的事情。

人际关系是双向的，我最想别人为我做的事情，往往也就是别人最想我为他做的事情。

世间万物的存在都有其道理；
世间万物的变化都有其规律。

钱财如粪土，自由值千金。这是所有贪官狱中的心声。

一个人拥有巨额财富，老百姓说："拥有这么多，何用？"贪官一旦东窗事发，也说："拥有这么多，何用？"

因为广州中新知识城规划的挫折，新加坡规划之父刘太格说：不要再叫我"规划之父"了，我在广州遇到了"规划之神"。刘太格的话让我们思考。

寒山问拾得：世间有人谤我、欺我、辱我、笑我、轻我、贱我、恶我、骗我，如何处之？拾得回答说只是忍他、让他、由他、避他、耐他、敬他、不要理他，再等几年，你且看他。

今人有云：人不犯我，我不犯人，人若犯我，我必犯人。

寒山问得好！拾得答得妙！今人说得绝！

嫉妒心理

嫉妒是一种小人心胸、弱者心态、罪恶心理。总是把别人的失误当自己的成绩，把别人的跌倒当自己前进，把别人的不幸当自己的幸福。天下最不能正确对待别人，也不能正确对待自己的，莫过于嫉妒。

宽容，让人说实话的前提：
民主，让人说实话的关键；
法制，让人说实话的保障。

有的人总是怀疑别人的善举，进而讽刺、挖苦；有的人总是相信别人的恶行，进而传播、放大。这究竟是一种什么心态？

人间兴衰，不过此消彼长；
人生顺逆，总是反复无常。

领导签字看担当；
领导开会看效率：
领导讲话看水平；
领导管理看智慧。

商人，成也信用，败也信用。

老好人

孔子曰：“乡愿，德之贼也。”何为乡愿，即是：含含糊糊、模棱两可、同流合污、人云亦云、两边讨好……这难道不是我们今天所说的那些“老好人”吗？

喜欢绝对的权利，不想受人约束，这是不是人的本性？

听其命、由其才、尽其力

每个人都有自己的“命”“才”“力”。人与人的区别就在于三者所占比例不一样。有些成功的政治家，他们“命”的成分可能占得多一些，有些成功的艺术家，他们“才”的成分可能占得多一些。对所有人来说，“命”“才”都不是自己能够决定的，只有“力”才是自己真正能够把握的。我们听得最多的“尽力而为”，却从没有听说“尽命而为”“尽才而为”。因此，我们做事就要听其命、由其才、尽其力。

实用主义者不一定是功利主义者，但是，功利主义者必定是实用主义者。

经济、文化、军事、外交等问题，归根结底是政治问题。

西方人过节，看重的人与神的关系；
中国人过节，更看重人与人的关系。

当今有些人，过去被愚昧给毁了，今天被富裕给毁了。

在市场经济的社会里，很多问题都可以归结为经济问题，但是表现出来的却是文化、道德、法律问题。

根治腐败，在法律层面要靠制度来解决，在道德层面要靠文化来解决。

我心中的“五心级”领导干部：
以平和之心对待名；
以淡泊之心对待位；
以知足之心对待利；
以敬畏之心对待权；
以进取之心对待事。

“官”字别解：为官两个口，一口为民言，一口为民食。

位置与位子

这两个词，看似意义相近，实则有别。从数量上看，位置要比位子多，人一来到这个世界上，就应该有一个相应的位置，而且一定有一个最适合他的位置。可是在现实生活中，大多数人不是去努力寻找最适合他的那个位置，而是拼命去争夺不一定适合他的那个位子。其结果是位子像走马灯一样始终没有空着，而最适合他的那个位置则一直在那里空着，布满了灰尘。

政府的威信在法治

美国大法官克拉克说："摧毁一个政府最好的办法就是让它不遵守自己制定的法律。"2015 年有两部很重要的法律经修订后实施：一是《中华人民共和国环境保护法》，另一部是《中华人民共和国食品安全法》。这两部法律与老百姓生活息息相关，老百姓也对这两部法律的实施有很高的预期。在全面依法治国的今天，如果这两部法律让守法者有法不依、执法者违法不究，那么对政府的威信将是严峻挑战。

转变政府职能，转变工作作风，必须做到：审批越来越少、公章越来越小、办事越来越快、讲话越来越短。

过去不是问题的问题，在今天都成了急需解决的问题。

瞒是谣言之母，传者乐意传，听者乐意听。

网络可以反映民意，但是，网络不能代表民意。

人性不完美，
人心难揣度，
人生有遗憾，

人类需和平。

不愿说真话，可能有人品问题；
不能说真话，可能有现实问题；
不敢说真话，可能有历史问题。

当今，媒体成了人们的精神导师，网络成了人们的交友手段，微信成了人们的普及读物。

尊重无价

在台湾，有一个惯偷被警察抓住，警察说："像心思如此细密，手法如此高明，风格如此有特色的小偷，做什么都会有成就的。"

短短几句话，让小偷找回了做人的尊严。从此金盆洗手，弃恶从善，几年之后，成了台湾一家公司的老板。

一个很有身份的人，在大街上遇到一个老乞丐，乞丐跪在地上伸手向他乞讨。他摸遍全身，想掏出点钱给这个老人，偏偏那天他身无分文。

他看着这个老乞丐在寒风中伸着双手，就特别内疚地握着老人的手说："兄弟啊，真对不起您，我今天没带钱。"

老乞丐一听这话，眼睛一亮，直视着这个衣冠楚楚的男人，说："老哥，我每天都要见到无数过路的人，只有你叫了我一声兄弟，我已经知足了，这比你给我什么都让我高兴。"

这两个故事说明：人们对尊严比关爱和金钱更加看重，尊重可以让一个人改变，尊重可以让一个人满足。

自己去搬把椅子吧

一个总经理要招聘助理，同时有三个应聘的人：一个人有非常高的学历，是博士；另一个人有十年以上的工作经验；还有一个人，学历不够高，工作经验也不够多，是刚毕业不久的一个普通大学生。

招聘场所就设在总经理的办公室，办公桌前面都空着，没一张椅子。秘书先后叫应聘者进来。

博士第一个进来了，总经理笑着跟他说："请坐。"那博士特别尴尬，四处看看没椅子，说，我就站着吧。总经理还是说，请坐。博士说，我没有地方坐啊。总经理看看他，笑了笑，问了他几个问题，就让他走了。

第二个人进来了，总经理又跟他说"请坐"，他就一脸的谄媚，很谦卑地说，不用，我都站惯了，咱们就这么聊吧。总经理跟他聊了几句后，也让他走了。

大学生第三个进来了，总经理说"请坐"，他四下看看说，您能允许我到外面去搬一把椅子吗？总经理说，可以啊。这个学生出去搬了把椅子进来，坐下后就跟总经理聊起来。

最后，这个大学生被留了下来。

学历高，不重要，读成死书没用了；

有经验，莫骄傲，千变万化用不了；

看实情，懂机变，具体问题解决了。

美丽感动中国

村妇陈美丽，江西省德兴市李宅乡宗儒村村民。

2007 年，陈美丽的丈夫扑救山火不幸身亡。丈夫因公死亡有一笔赔偿金，陈美丽原本可以把赔偿金用来维持一家的生计，因为丈夫留给她的确实是一个困难很大的家：一个 64 岁的老母亲，一个从小就因患脑膜炎生活无法自理的弟弟，一个 7 岁的大女儿和一个只有10个月嗷嗷待哺的小女儿。她完全有理由这样做，然而，让债主们意想不到的是，这位只读过小学的村妇，在丈夫去世 6 天后，就忍受着巨大悲痛跟婆婆商量，要用丈夫的死亡赔偿金来偿还债务，并请村小学教师帮忙写了为亡夫还债的告示贴在村头。第二天，第一位债主上门说："你老公在我那里买了稻谷，还有六七百块钱没给。”来人没有提供任何凭据，但陈美丽如数支付。债主坐在陈美丽家门口忍不住感慨，没想到这个普通的农村妇女有这么大的器量。随后的一个多月里，有10多个债主上门报账，债务总额达5万多元，其中将近4万元没有任何凭据，她都一一偿还了。6万多元死亡赔偿金，除2万多元用于支付抢救丈夫的医药费和身后的丧葬费，剩下全部用来还了债。

还债后，家庭生活更加困难：小女儿没钱去医院看病，大女儿无钱交学费面临辍学。即便如此，陈美丽跟婆婆依然坚定自己的信念：“我们宁愿自己受苦，也不能让别人吃亏。借了钱，就得还给人家。”陈美丽还坚定地说：“不管将来怎么样，我都不会扔下婆婆的。”别人问她为什么要这样做，她只有一个理由，说她丈夫生前口碑不错，我要让他走得心安，走得没有牵挂。

我不知多少次为陈美丽而感动。赋诗一首：

江西村妇陈美丽，丈夫救火离人世。
上有婆婆下有小，相依为命不离弃。
为还亡夫生前债，宗儒村前贴告示。
上门索债五万多，其中四万没凭据。
如数偿清所欠债，只为丈夫永安息。
谁说诚信已缺失，请看当代陈美丽。

对于人性，西方人更多关注的是生物属性：中国人更多关注的是道德属性。

信仰・良序

2012年11月，中共十八大明确提出“三个倡导”，即“倡导富强、民主、文明、和谐；倡导自由、平等、公正、法治；倡导爱国、敬业、诚信、友善”。这24个字是社会主义核心价值观的最新概括。富强、民主、文明、和谐是国家层面的价值目标自由、平等、公正、法治是社会层面的价值取向；爱国、敬业、诚信、友善是公民个人层面的价值准则。

2014年10月，中国共产党十八届四中全会召开，会议通过《中共中央关于全面推进依法治国若干重大问题的决定》，总目标是建设中国特色社会主义法治体系，建设社会主义法治国家。坚持依法治国、依法执政、依法行政共同推进，坚持法治国家、法治政府、法治社会一体建设，实现科学立法、严格执法、公正司法、全民守法，促进国家治理体系和治理能力现代化。

个人缺少信仰，就谈不上良知和尊严，见死不救、卑鄙无耻将会大行其道；社会缺少法治，就谈不上公平和正义，贪赃枉法、冤假错案将会泛滥成灾。

可喜的是从十八大开始，中国社会进入了转型时期，其标志就是信仰的重建和法治的重构。国民有信仰，社会有良序，这应该是中国梦题中应有之义。

如果一个社会缺少法治，人们就很难获得幸福，即使获得了幸福，也难以得到保障。

野蛮人互相吞食对方；

文明人互相成全对方。

我们心平气和地上路吧

2013年7月23日20时许，北京一男子乘坐朋友的车，因停车问题，与一手推童车的女子发生争执，北京男子动手殴打该女子，随后，男子又将女童（2岁）从推车中抱出，重摔在地，随后驾车逃离现场。女童送往医院，被确认重度颅脑损伤。7月26日，被摔女童经抢救无效死亡。

2013年9月25日，法庭以故意杀人罪判处北京男子死刑，

2013 年 11 月 29 日，北京市高级人民法院二审维持原判，北京男子被判处死刑。

悲剧，很痛心的悲剧；个案，很极端的个案。再看看我们周围，每天所见到的各种误会、争吵、谩骂、冲突，是否都隐藏着生命悲剧的风险。现在的人很容易上火，甘肥厚味，身体易上火；焦躁不安，心里易上火。我们是否应该思考这样一个社会问题：经济发展、物质丰富、科技进步为什么不能必然解决人们心灵、情感与精神层面的问题？我们经济发展的步伐是否可以放慢一些，等等我们的心灵，看看我们的生命，让大家真正把自己的心安顿好了，才心平气和地上路。

文化畅想

在校读书，什么问题都追求标准答案；
走向社会，所有事情都只有参考答案。

自由的头脑，才能产生大思想；
简单的头脑，才能产生大智慧。

我们每个人出生的时候就像一只小小的蝌蚪，如果不学习、不游泳，我们就会变成一只井底之蛙。

在我国，中庸文化影响了我们几千年，因此，那种非此即彼、非白即黑、非敌即友、非正即误的极端主义者难以行得通。

教养 = 教育 + 修养。

在人生道路上，学习获取的知识、失败得到的教训、锻炼换来的健康，永远都属于你自己，任何人偷不走。

本性虽难移，情绪乃可控，学习可影响。

知识的传授主要靠老师；
灵魂的教育主要靠自己；
幼年的教育主要靠老师；
成年的教育主要靠自己。

知识可以传授，智慧不能复制。

“己所不欲，勿施于人。”这是孔子 2500 年前说的一句话，也是当今镌刻在联合国总部的一句话。这既是做人的准则，也是世界的法则。

《红楼梦》不管怎样续，都难以续出原来的《红楼梦》；断臂维纳斯不管怎样接，都难以接出原来的维纳斯。南京大屠杀、911 恐怖袭击、别斯兰人质事件……永远难以慰藉亡者的在天之灵。

可见，艺术的残缺也许是完美，但人性的残缺绝对是罪恶。

善，孝敬为首；
凶，贪婪为首；
恶，嫉妒为首；
祸，邪念为首；
吉，少取为首；
福，简单为首。

知识可以用口传授，经验可以用脑总结，教训可以用心吸取。唯独智慧，只能用心灵感悟。

物质财富是富贵者的通行证，精神财富是圣贤者的墓志铭。古往今来，人们记忆中的富贵者屈指可数，而留在人们记忆中的精神大师则不计其数。

中国人放鞭炮，与其说是祈福，不如说是安心；与其说是驱鬼，不如说是杀菌。

不管哪个国家和民族，凡是文明、文化、文物中最有价值的东西一定属于全人类。

看一个人的说话和文章，基木可以判断这个人的品行。孔子说："巧言令色，鲜仁矣。"意思是说用花言巧语和假装的和善神色来讨好别人的人，很少是仁德之人，那么同样可以说："矫文粉饰，鲜仁矣。"文章矫接造作，粉饰本真，这种人的人品也少有仁德。因为他们的语言、文章都有一个共同点，那就是掩盖和伪装。

中国古代知识分子的特点：忧国与忧民、自负与自卑、入世与出世、脾气与骨气。

阅读三忌：一是心浮气躁；二是急于求成；三是灰心丧气。

读书没有收获的六大表现：
要点没记住；
修养没提高；
恶习没改变；
见识没增长；
写作没长进；
思维没拓展。

中国古代，许多犯人被流放到东北。当时的地理环境，落寞的心境以及恶劣的政治背景，是否塑造了今天东北人豪爽、好客、义气的性格特征？

范蠡，未出名之前，行为像疯子，思想如圣人。究竟是怀才不遇，刻意而为？还是不拘小节，崇尚自然？

《诗经》，就是当时宫廷没有电影、电视、电脑等现代媒体，文娱生活相当枯燥乏味，于是专设采风大使到民间去看、去听，民间传唱什么，赶紧把词谱记下来，再回宫廷经过整理便成《诗经》。

孔子研《周易》，为了明事理，今人读《周易》，求官者有之、祈财者有之、算命者有之。

《论语》让你知教化；
《孝经》让你知忠孝；
《春秋》让你知霸业；
《反经》让你知谋略；

《周易》让你知天理；
《史记》让你知人事。

用历史的眼光看过去、超脱的眼光看现在、哲学的眼光看未来。这就是大智慧。

真正的文化既有兼容性，又有复合性；既有本土优势，又有杂交优势；既是一种文化现象，又是一种生命现象。

如果认为中国可能全盘西化，那是没有读懂中国文化。

有时候，我们的文化建设就像一个胃病患者，一是对旧东西消化不好，二是对新东西吸收不好。

有些人误读了中国传统文化，主张以道德代替信仰，其结果泛道德、伪信仰比比皆是。

文化让民族获得尊严，文化让民心得到凝聚。

中国文化擅长于研究人与人的关系；西方文化擅长于研究人与自然的关系。

不知道就不知道

2000多年前，孔子就说："知之为知之，不知为不知。"这句至理名言，很不简单。这句话对待科学，是一种求实的态度；对待人生是一种诚实的品格。然而，人们很容易做到知之为知之，却很难做到不知为不知。因为，前者表明你有思想、有见识，可是后者则表明你没知识、没面子。

愚蠢与聪明何其相似，正如白痴与天才只有一步之差。自己在很多时候总是极力表现出自命不凡，自以为是，不外乎是从形式和现象上表现出自己多么的技高一筹，自己是多么的绝对真理。然而事实与结果就很快表明自己是一种貌似健康的虚胖浮肿，是一种看似清醒的回光返照。有时候，我就是这样越想努力表明自己的聪明，其实是在证明自己的愚蠢。自己没有把握的事情，自己暂时还拿不稳的事情，为什么不能说“这个问题我真还不懂”，“等我再认真核实一下再告诉您”，“我的意见不一定正确，仅供您参考”，“我看这样，您看如何”等等。我们真的不要用自己的愚蠢来证明自己的聪明就好了。

读懂《易经》不必算命

善于易者不卜。就是说一个人真正懂得了《易经》，就不算卦了。

首先是卦无好坏。《易经》八八六十四卦，没有绝对的好卦与孬卦之分，每一卦都揭示了万物的本质“变”以及变化的缘由。要知道人世间既没有无缘无故的爱，也没有无缘无故的根。

其次是因果。天下的事既没有不变的也没有突变的，当我们的认知水平不及的时候，才会看到某些事发生突变，之所以出现这种结果，其实原因早就潜伏在那里面了。自己所作所为还不清楚？还用得把自己的未来寄托在八卦上吗？

精神旅程是一个漫长的过程，需要持续不断地学习和净化。

在日本，茶和禅宗紧密相连；

在中国，茶和娱乐紧密相连。

《红楼梦》新解：红尘滚滚，高楼林立，人生如梦。

我喜欢的一副对联：
世事如棋局，不著者便是高手；
一身如瓦瓮，打破了才见真空。

过去看电影，看得最多的是好人与坏人的故事；
现在看电影，看得最多的是男人与女人的故事。

西方的上帝说“人，生而平等”；中国的皇帝说“人，三六九等”。对这个世界来说，前者是神话，后者才是人话。

企业家的产品，艺术家的作品，归根结底都是人品。

你不能成为一个诗人，但是你可以让生活过得有诗意（读书有感）。

关于“（ ）”与“但是”

在中国的语言系统中，“（ ）”多在书面语言中使用，“（ ）”里面的内容或注释常常比其前面的内容更丰富、更详尽，所以我们在读一篇文章时，要特别留心“（ ）”里面的内容。“但是”，不管是书面语言还是口头语言都经常使用，它是一个转折词。比如要批评一个人，先得罗列一大堆他的优点和成绩，“但是”一转，后面就尽是缺点和错误，可以这样说，“但是”后面的内容才是真正想表达的内容，因此，我们读一篇文章或听一个人讲话，要特别领会“但是”后面的内容。

如果说中小学教育是为了让孩子懂得规矩，那么大学教育则是为了让孩子知道方圆。

《易经》，有的人用来算命，有的人用来警世，有的人用来悟道，有的人用来撑书柜。

自救的出路在自学；
自学的关键在自悟；
自悟的难点在自知。

古人的书要从右到左竖着看，好像在不停地点头；今人的书要从左到右横着看，好像在不停地摇头。描述很形象，古今有精品，古人精品多，今人精品少。

再差的学校都有优秀的老师，再好的学校都有差劲的老师。因此选择好老师比选择好学校更重要。

中国人对待迷信的心理很复杂，迷惑心理、侥幸心理、贿赂心理兼而有之。

电脑对青少年的伤害主要在心灵方面，比如色情和暴力的影响；
电脑对成年人的伤害主要在身体方面，比如颈椎和腰椎等疾病。

简朴的生活，高贵的灵魂是人生的最高境界。（这是世纪才女杨绛喜欢的名言，杨绛生于 1911 年）

当今社会，学佛的人多，成佛的人少

不知大地的经纬，难构人生的纵横。

中国，一个方块字的国家；
中华，一个黄皮肤的民族；

中庸，一种不偏不倚的处世哲学；
中医，一种西方人难以理喻的医学；
中药，一些可以治病的花花草草；
中秋，一个神话般的节日。

有人说，现在有的老师不在课堂上讲授最关键的内容，而是把关键的内容留下来在自己家里办补习班。如若是，师德已经败坏。

不学习的女人：逛不完的菜市场，穿不完的淘宝货；
不学习的男人：打不完的扑克牌，喝不完的二锅头。

美国电影《阿凡达》《泰坦尼克号》让世界人们竞相观看，同样是美国电影《穆斯林的无知》却引发多国的反美浪潮。这究竟是文化的魅力？还是宗教的魔力？

学习，指从阅读、听讲、研究、实践中获得知识或技能。我理解，浅层次的学习就是模仿，高层次的学习则是提升。一个人的气质、品味、能力绝不是简单的模仿就可以练就的。

小时候，寒窗苦读，渴望以学习时间改变生活空间；
长大后，修身养性，渴望以心灵空间延长生命时间。

国与国的最大差异在文化，那么人与人的最大差异呢？

国外的人周末去教堂，与信仰有关；
国内的人周末去茶楼，与娱乐有关。

中国的传统文化决定了中国人喜欢低调务实的人，难以接受高调张扬的人。

国外专家讲课是“看图说话”，国内专家讲课是中英文夹杂。

国与国的差异在文化；
人与人的差异在灵魂。

我们每个人心里既有宝藏，也有垃圾。大多数人都乐于发掘、忙于发掘，而疏于清理，结果杂乱无章，垃圾成堆，一无所获。

中国传统文化劝人向善的总要求就是：境界上，要上善若水；观念上，要从善如流；行为上，要择善而从。

联合国教科文组织进行的一项调查显示：全世界每年阅读书籍数量排名第一的是犹太人，人均每年读书 64 本；韩国人，人均每年读书 11 本；法国人，人均每年读书 8.4 本；日本人，人均每年读书 8.4—8.5 本。中国 13 亿人，扣除教科书，人均每年读书不到 1 本。问及原因，有人说没时间，有人说没习惯，有人说没用处。

学问就在身边，关键在于积累。

古人读书，旨在为官，但是为官后大多数仍然坚持读书；
今人读书，也想为官，但是为官后许多人就没读书习惯。

即使你生而优秀，却未必能够当官，因为这不是由你本人所能决定的；
即使你一无所有，却可以坚持学习，因为这是你自己完全能够决定的。

如果一个人长期受封建官场文化所景染，有可能变得虚伪、狡猾和贪婪；如果一个人长期长期为书香墨迹所熏陶，有可能变得真实、淡定和知足。所以当了官之后多读点书，说不定会让你把官当得更好一些。

中国的古文化源于文字，所以中国的人文科学较发达，于是很关注人与人之间的关系；西方的古文化源于数字，所以西方的自然科学较发达，于是很关注人与自然之间的关系。

阅读，贵在养成习惯，不能一曝十寒；
经典，应当咀嚼品尝，不能一目十行；
思考，善于揭示本质，不能一叶障目；
观念，应当与时俱进，不能一成不变。

一个人的精神发育史就是他的阅读史；
一个人的精神成长史就是他的思想史。

一个人花钱的态度直接反映其人生态度；
一个人读书的品味直接反映其人生品味。

过去的书籍不多，人们能够认真阅读；
现在的书籍不少，人们大多用来消遣。

一个读者不一定能成为学者，但是一位学者必定是一位终身的读者。

知识·常识

知识可以靠别人传授与自己学习而获得，常识主要靠自己勤于观察与善于思考而积累。一个满腹经纶而缺乏常识的人可能是一个迂腐者，一个经验丰富而知识贫乏的人可能是一个肤浅者。现实生活中，迂腐者比肤浅者更可怕。所以，易中天先生说：“现在中国发生的每一起事件，差不多都会牵涉到常识问题。”

西方的文化重在分类，中国的文化重在综合。

人有两样东西不易被剥夺：一是思想；二是学习。

轻松自然地写作

有时候，好像要完成任务似的，为写点什么而写点什么，就像“挤牙膏”，挤一点来一点，泛泛其词，空空如也，很难一气呵成，写得沉重而艰难，恰似身上的重负很想释放，但又不知道怎么释放，写出的东西连自己都不满意，别人会满意吗？

有时候，被某一生活情景所触动，急不可待地想写出来，就像“月牙泉”，汩汩流出，源源不断，自己的情思一下得到宣泄，写出的东西轻松而自然。

人生有三样东西永无止境：一是学习，有谁穷尽了世间所有知识？二是思想，有谁想透了人生所有谜题？三是修养，有谁达到了圣贤所有标准？

阅读，手不释卷，字面理解，最低层次的阅读；
阅读，联系实际，融会贯通，一般层次的阅读；
阅读，丰富心灵，升华人性，最高层次的阅读。

其实每门学问之间都有一种相互关联的神秘通道。

实用主义、急于求成、囫囵吞枣、一目十行，在读书的时候，如果你有这些想法和习惯，最好不要读书，因为读比不读危害更大。

知识可以传授，技艺可以教习，唯独悟性是无法传教的。

买书·读书·藏书

不管是藏书还是读书，都得要买书。有的人只买不读，越买越多，束之高阁，这是典型的藏书。读书则有两种形式：一是先藏后读，二是读后珍藏。先藏后读，当买书的速度远远超过你阅读的速度时，就难免会产生急于求成的心理，在这种心态下读书的效果究竟如何？读后珍藏，边买边读，循序渐进，持之以恒，阅读后的典籍再珍藏起来，我觉得这不失为正确处理买书、读书、藏书的最好方法。

对子女、学生、下级来说，言传远不及身教。

清高者孤寡

自视清高，自恃有才的人，往往是选错了“参照”。也许，与你身边的“小天地”“小圈子”比，你可能算得上一点“小才”，但与那些“大师”“大才”比，你又算得上什么呢？恃才傲物之人的最终结局是孤芳自赏、孤家寡人，因为这种人一是不能看清自己，二是不能尊重别人。

耕读传家

古人十分重视“耕读传家”。耕，体力劳动，可以培养人吃苦耐劳，勤俭节约的精神；读，脑力劳动，能够培养人修身养性，知书达理的品质。不读书，头脑会变得简单；不耕作，四肢会变得不发达。现在很多人不读书，不劳动，其结果是精神、体能双双萎缩，何以修身、齐家、治国、平天下？

读书而尽信书，读死书；
读书而不实践，死读书；
读书而无所获，读书死。

如果你感到空虚，就去读书，用知识充实自己；
如果你感到寂寞，就去读书，让智者陪伴自己。

百无一用是书生

“百无一用是书生”，据说这句话出自毛泽东之口，初听感到诧异，因为毛泽东堪称通晓中国历史之大家，洞察人性之大师，他一辈子都在读书，他应该是典型的书生，他为什么要这么说？值得书生好好思考。

不学习，就不能丰富；
不实践，就不能完善；
不检省，就不能改进；
不失败，就不能成功。

聋者的世界是寂静的，因为寂静，让其更懂得聆听，所以许多聋者成了音乐家；

盲者的世界是黑暗的，因为黑暗，让其更渴望光明，所以许多盲者成了思想家。

读书，既可以改变一个人，又可以影响一个人。改变人的过程是漫长的，需要日积月累；影响人的结果是持久的，终会潜移默化。

阅读：一目十行，消化不良；囫囵吞枣，吸收不好。

阅读是一个思考、消化、吸收的过程，写作是一个沉静、构思、凝练的过程。当今的国民，坚持阅读的人较少，坚持写作的人更少，既坚持阅读又坚持写作的人少之又少。

读书的重点在选择和习惯，关键在消化和运用。

一滴墨水滴在一杯清水中，清水立即变色，一滴墨水滴在大海里，大海依然蔚蓝，因为两者的容量不一样；未成熟的麦穗直指天空，成熟的稻穗俯垂大地，因为两者的重量不一样。

学与做总是相伴而行，我们应该边学边做，边做边改，边改边学，只有这样，才能学有所获，做有所成。

日有所获

日有所为：每天对那些最重要、最紧迫的事情要及时做，不等待，不拖延；

日有所学：每天都要挤出时间阅读，养成习惯，贵在坚持；

日有所悟：每天工作得失、生活收获、思想火花等，都要及时归纳提炼和总结。

古代文人的结局

纵观古代的许多杰出文人，有的知书明理、修身养性，基本免于过失灾祸；有的刚愎自用、恃才傲物，往往难得善终；有的追名逐利、作奸犯科，大多死于非命。

学问靠勤奋，艺术靠天分。

你读的书将成就你的气质；
你作的恶将成就你的命运。

读书的五个层次：
消遣—欣赏—明理—感悟—运用。

吃饭、睡觉，人生所有阶段必须做的事；
恋爱、成家，人生特定阶段应该做的事；
读书、思考，人生所有阶段可以做的事。

古代书籍少而精品多，当代书籍多而精品少。古代的经典认真读，当代的书籍选择读。

永远学习不完的是知识；
永远吸取不完的是教训。

读圣贤书，识自己心，启人生智，悟世间道。

人生处处是考场、事事是考题、人人是考官。

人生就是一本正面和反面的教材。要么你成为别人的教材，要么别人成为你的教材。

知识可以来自书本，智慧可以来自生活；知识是别人经验的积累，智慧则是自己生活的感悟。

从家庭苦难、灾难中走出来的孩子，要比一般孩子成熟得多懂事得多。

孩子很美丽，所以孩子是天使；
孩子很单纯，所以孩子是诗人；
孩子很风趣，所以孩子是智者。

你说孩子话，孩子很听话；
你讲大道理，孩子就不理。

哲学就是一门让人思考、让人智慧、让人深刻的学问。

民主型家庭培养的孩子是自觉的；
专制型家庭培养的孩子是自大的；
放纵型家庭培养的孩子是自私的；
忽视型家庭培养的孩子是自卑的。

读书，既可以遇到优秀的大师，又可以发现浅陋的自己。

现在的应试教育不知剥夺了多少孩子的自由，摧残了多少孩子的身心，没收了多少孩子的童年。

知识多在书本，智慧多在生活。

我们不要忽视小孩子的思想，他们的包一个学问都具有思辨的哲学；他们的每一个回答，都具有朴素的真理。

作为家长，我们一定要注意幼儿教育，因为他们一生中最重要的知识都是在幼儿园里学到的。

让学生思考

中国孔子的教育方法是“不愤不启，不悱不发”。意思是：不到你想懂而懂不了的时候，我不会开导你；不到你想说而说不出的时候，我不会启发你。

美国哈佛大学教育方法是：每堂课下课之前，老师都要让学生用 1 分钟时间，把本堂课的内容作一个概括。

两者都是鼓励学生勤于思考、学会表达。今天的应试教育值得借鉴。

在校读书，什么问题都追求标准答案；
走向社会，所有事情都只有参考答案。

旅游之美在于：世界那么大，你应该去看看；
阅读之美在于：圣贤那么多，你应该去听听。

写在 4.23“世界读书日”

1995 年，联合国教科文组织把每年 4 月 23 日确定为“世界读书日”。提出“让世界上每一个角落的每一个人都能读到书”。因此，每年 4 月 23 日，在世界上不同语言的国家，人们都不约而同地做着同一件事情——读书。

在 4 月 23 日这一天，我们国家有多少人有书不读？还有多少人无书可读？没有人统计，也不好统计。

多些书香味，让书香清润我们的生活；
少些铜臭味，让铜臭远离我们的心灵。

我们的国名“中华人民共和国”，“中”“和”两字，堪称几千年中华文化的结晶，也是我们民族生活的哲学，“中”，我处事要中；“和”，为人要和。

阅读，也许改变不了你的性格，但绝对能够影响你的心态。

老师比学校重要

教育，即教书育人。教师很关键，要把书教好，教师必须具有丰富的文化知识和专业知识；要把人育好，教师必须具有高尚的人格和高贵的灵魂。从这个意义上讲，现在很多家长削尖脑壳为孩子选择好的学校，不如为孩子选择好的老师。

学校的好坏，教师素质是重要标准；教师的优劣，学生评价是公正裁判。

简洁的智慧

莎士比亚说："简洁是智慧的灵魂，冗长是肤浅的藻饰。"

一个智慧的人对世事和人生，既能看清楚，也能想明白。世事纷繁复杂，看清楚了，就能揭示事物的本质；人生千变万化，想明白了，就能把握人生规律。这些本质的、规律的东西就是我们所谓的真理，真理就是最朴素、最简洁的。

有些人的文章面面俱到，让读者不知所云；有些人的讲话滔滔不绝，让听者昏昏欲睡。如想展示才华，认真提炼吧！如想阐明观点，认真思考吧！

小时候读书为考试；
长大了读书为求是。

经典书籍，读原著；
流行书籍，读序言；

消遣书籍，读目录；
权谋书籍，读标题。

我们的学生喜欢追寻标准答案，国外的学生喜欢提出问题。

争取幸福·承受苦难

作为父母，我们一定要尽力培养孩子的两种能力：一是争取幸福的能力；二是承受苦难的能力。

有的父母耗尽毕生心血为孩子留下万贯家财、锦衣玉食。如果我们认为这些就是留给孩子的"幸福"，那么孩子是否守得住这些“幸福”？要让孩子知道，这些“幸福”迟早会有结束的一天。

天有不测风云，人有旦夕祸福。天灾人祸、命运逆转，这些苦难一旦降临，我们的孩子是否扛得住这些苦难？要让孩子知道，这些苦难迟早会有到来的一天。

在孩子身上，现在很多父母越在意的东西，往往也就是孩子越感到痛苦的东西。

父母对孩子的影响

家庭环境对孩子的影响，一是人格；二是心智。父母的心地、品行、修养对孩子的人格塑造具有重要影响；父母观察、思考、处理各种问题的方式方法对孩子心智熏陶同样具有不可低估的影响。

爱的启蒙教育：一是爱孩子；二是爱父母；三是爱自然。

所有的父母在思想上疼爱孩子，很多父母在行为上又宠坏孩子。

我们不要用他人的眼光来衡量自己，也不要用别人的标准来培养孩子。

孩子太累了

当今的孩子活得真累，孩子的家长活得也累。孩子在学校除了要学好书本知识，还要进行各种模拟、仿真、冲刺等练习。很多孩子把功课做完，还要去学习钢琴、绘画、舞蹈，所有这些只有一个目的——那就是为了将来考上一个名牌大学。但是，家长么们是否想过，这些能给孩子们带来快乐吗？你从他们的考试中体会到快乐吗？你从他们的琴声中能听出快乐吗？你从他们的画板上能看到快乐吗？你从他们的舞步中能感受到快乐吗？

对孩子来说，父母“做什么”比父母“是什么”更重要，父母“做什么”比父母“说什么”更重要。

不管时代如何变化，对子女进行勤劳俭朴教育，一定不会错；
不管家庭如何富裕，对子女进行勤劳俭朴教育，一定不会错。

有的父母总是为孩子创造各种优越的条件，可是孩子就是不按照父母想象的模式成长，是父母的可怜复可悲？还是孩子的可怜复可叹？

如果父母不爱自己的子女，子女不爱自己的父母，那么你就不要指望他们会热爱其他的生命。

周国平先生说：“从一个人教育子女的方式，最能看出这个人的人生态度。”

我非常赞同这个观点，有的人自己无所作为，却逼迫孩子大有作为。这样的父母是无能为力的，这样的逼迫是无济于事的。

听听孩子们的心声

现在的父母大多希望自己的孩子长大后做大官、当老总、成明星。请问：如愿者几何？大官、老总、明星就像金字塔顶，为众人翘首向往，于是拼命往前面挤。我们为什么不能让他们从小做一个正常、健康、快乐的人？

父母的心有多重，孩子的书包就有多重；
父母的心有多厚，孩子的书本就有多厚。

对孩子的过度溺爱，实质上就是对孩子健康成长权利的剥夺。因为过度溺爱，他将失去独立思考的能力、经受考验的能力、面对挫折的能力。

孩子不能选择父母但可以选择快乐

孩子是不能选择父母的。如果能够选择，也许好多孩子宁愿选择贫穷点的父母，因为贫穷，他们至少可以活得真实些、快乐些。现在的父母一有钱，往往就会变着法儿折磨孩子。什么奥数呀、钢琴呀、出国呀、出名呀……让孩子从小就在为父母的愿望痛苦挣扎。

救救我们的孩子！

不管孩子有没有兴趣，要求他（她）们从小必须去学几招像样的东西，孩子每天疲于奔命，快乐的童年就这样被剥夺；

不管孩子有没有实力，要求他（她）们必须去考一个最好的大学，孩子每天神情恍惚，创造的天性就这样被扼杀；

不管孩子有没有感情，要求他（她）们必须去娶（嫁）一个富裕的家庭，孩子每天看富豪排名，纯真的爱情就这样被玷污。

我们这些家长爱孩子为什么爱得这么市侩和功利；我们疼孩子为什么疼得这么残酷和绝情。我们这样做，不仅会失去我们的孩子，而且会让我们的孩子失去了整个世界。

忆秦娥·大雪

寒风烈，
大漠孤烟鸟踪灭。
鸟踪灭，
年年花似，
岁岁人别。
松柏独傲性高洁，
长亭古道音尘绝。

音尘绝，
一叶孤舟，
独钓寒雪。

生活感想

小时候，母亲教我们学会说语；长大了，社会教我们学会闭嘴。说话是一种能力，闭嘴是一种智慧。

少些非分之想，也就少了些悲观失望；
多些脚踏实地，也就多了些自在安详。

若把感情当游戏，就要受到惩罚；
若把生活当儿戏，就要付出代价。

自我提升的三个层次：
最低层次是能够独处；
其次是独处并能够思考；
最高层次是独处并思考且有所悟。

好话·坏话

“好面誉人者，亦好背而毁之。”就是当面说你好话的人，也喜欢背后说你的坏话。

这句话出自《庄子·盗跖》，我原以为是庄子说的，认真查阅原文之后，才知道并非出自庄子之口。而是孔子在与一个大盗对话的时候，孔子先是把大盗表扬点赞一番，接着话锋一转，劝大盗弃恶从善。这个大盗听了之后，不慌不忙来了一句：“我听说当面说人好话的人，也喜欢背后说人坏话”。这下让孔子大跌眼镜，心想：真是朽木不可雕！看来，这句话既不是庄子说的，也不是大盗说的，而是“听别人说的”。

“好面誉人者，亦好背而毁之。”不管哪个说的，对世人都是提醒。别人对我们礼节性地表扬夸奖，我们应当谦逊地礼节性地回应；如果别人对我们动机不纯地巧言令色，我们就千万不能当真。

四种恶习

《论语》中孔子绝四：毋意、毋必、毋固、毋我。按李零先生在《丧家狗》中的解释就是孔子力求断绝臆测、武断、固执、主观四种毛病。

凭空猜测、绝对肯定、冥顽不化、自以为是，这些毛病人人都有。孔子之所以要断绝，一是说明我们容易犯；二是说明我们很难改。

唐高宗问张公艺的治家之道，张公艺一口气写了一百个“忍”。可见，容忍不是一件容易的事情。

男人对漂亮一见钟情；
女人对甜言百听不厌。

蒙田说：“缄默和谦虚是社交的美德。”缄默让你学会倾听，谦虚让你学会尊重。

如果你对别人做一点好事，生怕别人不知道，就急于向人表达，这不是出于真正的善心。因为你的动机不在于做好事，而在于要让别人知道你在做好事。

聪明容易善良难

在普林斯顿大学毕业典礼上，杰夫·贝佐斯说了一句非常精彩的话：“总有一天你会明白，做一个善良的人，要比做一个聪明的人更加困难。”一个人的聪明更多源于天赋，但是一个人的善良则需要后天的修养与历练。我们可以祝福一对新婚夫妇生一个聪明宝宝，但是从没有听说过祝福别人生一个善良宝宝。一个人做点善事并不难，难的是一辈子都做一个善良的人。

要与人长期友好相处，那就少些改变对方的念头，多些影响对方的魅力。

亚里士多德说："对上级谦恭是本分，对平辈谦恭是和善，对下级谦恭是高贵，对所有人谦恭是安全。"

谦恭，中华民族的传统美德。在中国，可以容忍一个人无能，但是绝不能容忍一个人不谦虚。对上级谦恭，多数人易做到；对下级谦恭，多数人不易做到；对所有人谦恭，很难做到。

多些换位思考

当一个人让你感到不快时，你不要急于火冒三丈，冷静地换位思考一下吧！假如你在那个情态下也会这样做，那么你就要给予理解，因为这可能是人的本性问题；假如你在那个情态下不会这样做，那么你就要给予同情，因为这个人可能是人性出了问题。

私心太重的人，说的是言不由衷，做的事损人利己，表现的是一毛不拔。

赫拉克利特说："眼睛是比耳朵更可靠的证据。"

眼见为实，耳听为虚，在互联网时代，我们每天听到的要比看到的多得多。

成败都是同一条路

赫拉克利特说："上升的路与下降的路是同一条路。"

古今中外，位高权重的政客最后身败名裂；富可敌国的商人最后倾家荡产；扶摇直上的明星最后一落千丈，无一例外都验证这句话。有时候，最聪明与最愚蠢其实没有任何区别。

貌合神离是看得见的和谐，心有灵犀是看不见的和谐。前者是小人，后者是君子。

柏拉图说："不论你在什么时候开始，重要的是开始之后就不要停止；不论你在什么时候结束，重要的是结束之后就不要悔恨。”

开始前的犹豫与结束后的悔恨没有区别；事前的愚蠢与事后的聪明没有区别。

三思而行·立说立行

莎士比亚说：“我们所要做的事，应该一想到就做。因为人的想法是会变化的，有多少舌头，多少手，多少意外，就会有多少犹豫，多少拖延。”

人一生，应该有所为，有所不为。有些事情，可以为亦可以不为，究竟是为？还是不为？我们就要三思而行。有些事情，必须为，也不得不为，我们就要立说立行。不能让自己的想法改变了我们的初衷；不能让别人的舌头成为我们拖延的借口；不能让意外的情形阻挡了我们前进的脚步。

在这个世界上，最容易找的理由是借口，最容易找的借口是拖延。

如果你想克制自己，那就谦逊点吧！
如果你想丰富自己，那就谦逊点吧！
如果你想提升自己，那就谦逊点吧！

用一个错误去证明另一个错误，能够得出正确吗？
用一个谎言去说明另一个谎言，能够得出诚实吗？

财富、权力、地位、名声就像欲望的催化剂，具有膨胀、放大和裂变效应。

叔本华说：一个人要么庸俗，要么孤独。可是，有些人既不甘于庸俗，又难以忍受孤独。

别后见真情；
醉后吐真言；
辨后知真伪；
悟后得真谛。

给别人施舍，不要让别人感到伤自尊；
对别人帮助，不要让别人感到有压力。

不该而花的是挥霍；
该花才花的是节俭；
该花不花的是吝啬。

别人的看法

叔本华说："人性一个最特别的弱点就是太在意别人对自己的看法。"

在社会生活中，别人对我们有看法就像我们对别人有看法一样正常。如果哪个人说自己一点都不在乎别人的看法，那么这个人要么说假话，要么很另类。如果哪个人说他特别在乎别人的看法，那么这个人已经活得完全不是他自己了。

我们究竟怎样对待别人的看法呢？其实，只要我们诚实地面对自己，善良地对待他人，既不自欺，也不欺人，亲疏随缘，顺其自然。如果这样，别人仍然有意见和看法，那就记住但丁的话："走自己的路，让别人说去吧！"

物质的追求让人感受空虚；
精神的追求让人享受孤独。

一个对上不奴颜婢膝、对下不颐指气使的人，永远是一个让人敬重的人。

融通而和气地表达自己的见解，叫随和；
理性而妥当地表达自己的见解，叫成熟；
虚伪而从众地表达自己的见解，叫圆滑。

笑天下可笑之人，是超脱；
容世上难容之事，是宽容。

怎样对待别人说谎？

叔本华说："如果我们怀疑一个人说谎，我们应该假装相信他，因为他会变得越来越神勇而有自信，并更大胆地说谎，最后会自己揭开自己的面具。"

在生活中，当你遇到一个用谎言欺骗你的人，你是立即戳穿？还是假装相信？如果立即戳穿，对方可能气急败坏，暴跳如雷；如果假装相信，对方肯定无所顾忌，尽情表演。那就让他继续表演吧！反正他欺骗不了你的，因为你已经清楚他在欺骗你。

时间改变人们的态度

时间不能改变事情的本身，但是，时间可以改变人们看待事情的态度。在今天看来还是比较大的事情，过几天就可能变成了小事，过几年就可能变成了故事，到死的时候就可能变成了没事。

千万不能看低别人，你不会比别人高多少；
千万不能看轻别人，你不会比别人重多少；
千万不能看小别人，你不会比别人大多少。

当男人痴迷爱上一个女人，女人在他眼中变得不客观，自己也变得很主观。

你对别人的行为，就是别人对你的一面镜子。

我们做任何一件事，一要居安思危，凡事作最坏的考虑；二要尽力而为，一旦确定了的事情，就要作最大的努力；三要有所不为，力求把做事的成本和代价降到最低。

心里不宁静，
思路理不清，
胸中是乱麻，
百事都不成。

无知者无畏；
无法者无天；
无忧者无虑；
不打者不识；
不慌者不忙；
不破者不立。

拖延的借口

人过中年，如果你思想上出现“把眼下事情干完了，我就开始锻炼”的念头，说明你已经患上了两种病：一种是身体上的“慢性病”，可能身体方面的某些慢性疾病在慢慢地向你走来；另一种是心理上的的“拖延病”，这种疾病一旦患上就是顽疾，难以根治。因为，人世间最容易找的借口和理由就是拖延。

真话试验

康德说：“一个人说的话必须真实，但是没有义务把所有的真实都说出来。”

西班牙 42 岁男子卡萨尔在研究康德著作时，对康德产生了兴趣，决定做一个大胆而新奇的试验——在一年时间里，只说真话，不说任何假话。试验结束，卡萨尔承认，在一年之内，不说假话，看似简单，实在太难。卡萨尔说："面对自己的亲人，不说假话，哪怕善意的假话都不说，这已经是个很大的难题，还有比这更加困难的是我会在不知不觉中对自己撒谎。"

尽管这是个很无聊的试验，但是充分说明一个人要做到永远说真话是非常困难的。在生活中，其实也没有谁要求我们在任何时候、任何地方、对任何人都说真话，但是起码我们应该做到：要么说真话，要么不说话，真话不全说，假话最好不要说。

有所畏惧

人之所畏，不可不畏。天有大道而不言，地载万物而无声。人们行走在天地之间，应该有所畏惧，大家都畏惧的事情，我不可能不畏惧。那种天不怕，地不怕，我是流氓我怕谁的狂妄之徒，最终下场就是天诛地灭。

有所克制

人之所欲，有所不欲。生而为人，有其本性。比如自古以来，人们对权力、金钱、美女，没有不喜欢的，但是，采取见利忘义、坑蒙拐骗、不择手段去获取这些东西，就会为人所不齿。在大家都想的事情上，我们不能有所约束和克制，最终结局就是欲火焚身。

中国人的中庸处事哲学：
不偏不倚，恰到好处；
不即不离，亲疏随缘；
不快不慢，从容自如。
以德报德是凡人；

以怨报德是小人；
以德报怨是圣人；
以怨抱怨是恶人。

“既有原则性，又有灵活性。”这两句话没有人不会说，但是少有人做得好。

欲望太多的人，一般善心较少；
欲望太强的人，一般善心较弱。

别人的隐私不要窥探，因为你窥探的不是别人的隐私，而是你的人性；
最好的朋友不要试探，因为你试探的不是朋友的诚信，而是你的人品。

所谓诚信，我的理解就是对自己诚实，让别人信任。自欺者，不可能对自己诚实；欺人者，不可能让别人信任。

德国哲学家尼采说：“我之所以这么聪明，是因为我从来不在不必要的事情上浪费精力。”如果说尼采这句话非常精辟，那么至少让我懂得两点：一是我为什么不聪明；二是我还可以变得聪明。

很多人的心灵被名利绑架；
很多人的思想被媒体绑架；
很多人的时间被手机绑架。

多检省自己，离明智就近些；
少责怪别人，离怨恨就远些。

对地位高于自己的人就谄媚，对地位低于自己的人就傲慢，这是缺乏自信心的表现；对同一个人时而爱得要命，时而恨得要死，这是缺乏平常心的表现。

小聪明，看当前；
大智慧，想长远；
小聪明，是诡计；
大智慧，是谋略。

爱得要命又恨得要死

孔子说："爱之欲其生，恶之欲其死，既欲其生，又欲其死，是惑也。"爱一个人就爱得要命，恨一个人又恨得要死，既要他生，又要他死，这就是迷惑。涨涨落落山溪水，反反复复小人心，有的人对别人的评判总是缺少一种平常心态，喜欢一个人的时候，觉得对方的缺点都是迷人的；嫉恨一个人的时候，觉得对方的优点都是讨厌的。这样的人，很难与之相处。

人无欲，是神仙；
人有欲，不能贪；
贪如火，可燎原；
贪如水，把人淹。

恋爱开始，用嘴说话，甜言蜜语；
热恋阶段，用心说话，感人肺腑。

我们总得找点事做：

太清静，不如去读书；
太无聊，不如去散步；

太悠闲，不如去旅游；
太疲倦，不如去睡觉。

从一个人交友和犯错中，更能认识一个人。

怎样驾驭我们的内心

现在，有些书店把什么厚黑学、自控术之类的书籍列为畅销书，说明人人都希望能够驾驭自己的内心，同时也说明驾驭自己的内心不是一件容易的事情。事实也是如此，如果你是一个瞻前顾后、患得患失、心不宁静的人，不管你看了多少这类书，作用都不大，不信，你可以试一试。如果你懂得了人性、悟透了人生、看破了生死，你用不着看这些书，你的内心是镇静而强大的。要达到这样的境界，仅凭读几本书是无济于事的，关键是我们必须要有对挫败的经历和磨练，这才是走向内心强大的必修课。

没有自知，为所欲为，这叫不明；
识己之短，有所不为，这叫聪明；
借人之长，助己之成，这叫高明。

你把对方想得有多坏，你们的误会就有多深；
你把对方想得有多恶，你们的仇恨就有多深。

敢于认错，而又主动改正错误的人，永远让人尊重和敬佩；
自己无知，而又不知自己无知的人，永远让人看轻和鄙视。

“该出手时就出手。”关键是很多人不知道究竟该什么时候出手。

林肯说：“你可以在部分时间欺骗所有的人，也可以在所有时间欺骗部分人，但是你不可能在所有时间欺骗所有人。”

看来，骗子，要么被时间揭穿，要么被别人识破。

阿拉伯人说：“如果我倾听别人讲话，我就处于有利地位；如果我讲话，别人就处于有利地位。”

苏格拉底对前来向他请教演讲技巧的学生说：“我在教会你怎样使用舌头之前得先教会你管住舌头。”

看来，诉说容易倾听难。

如果把自己当商人，把领导当顾客，没有处不好的上下级关系。

与对手握手言欢多是因智慧；

与朋友反目成仇多是因利益。

很多事情的和解，看似人与人之间的和解，其实是一个人与自己内心的和解。

四川麻将如人生：一上场，每个人都想成为赢家，但是，一结束，往往就有输家。

名与利相随，情与利难兼容。想想看，在现实生活中，两个相互争名好利而又情真意切的朋友究竟有没有？

学会倾听

倾听是学习，倾听也是一门学问。我们既要学会倾听别人，也要学会倾听自己，倾听别人述说需要尊重、谦逊与耐心；倾听自己内心则需要安静、真诚与悟性。

听·做·说

人在世上活，不外乎听、做、说。听是我们人生的第一课，可是，有的人终其一生都不能毕业。在做与说这个问题上，响亮的语言永远不能代替行动，只有行动永远才是最响亮的语言。

对自己都不放过的人，能放过他人？
对自己都不真诚的人，能以诚待人？

女人一看重功利就显得俗气；
男人一看重功利就显得小气。

没有不适合的爱情，只有不适合的爱人；
没有不成熟的思路，只有不成熟的思想；
没有不满足的现实，只有不满足的欲望。

人在极度焦虑的时候，就像电脑中了病毒，一切程序都不能正常运行了。

深刻的思想永远隐藏在独处的那些角落；
肤浅的快乐永远流动在热闹的那些场合。

有人一味追求结果而忽略过程；
有人一味追求答案而忽略题目；
有人一味追求幸福而忽略心灵。

现实生活难以找到爱情，有人就到小说里去找；
现实生活难以找到幸福，有人就从电影里去找。

忙得开心，多半是自己喜欢做的事情；

忙得痛苦，多半是自己被迫做的事情。

我对信仰的理解

所谓信仰，一是指心里面的事二是指头顶上的事。信指心灵，要有虔诚之心，没有质疑；仰指上天，要有敬仰之情，不能亵渎，

男人选择女人多在视觉，男人看的是女人眼前。
女人选择男人多在感觉，女人想的是男人今后。

自己清楚，不怕别人知道，是信心；
自己清楚，又怕别人知道，是野心。

能够认识自己的局限是成熟；
能够实现自己的价值是成功；
能够发挥自己的特长是成才。

每一件事，都当作刚开始那样来结束，没有不成功的；
每一件事，都当作要出事那样来思考，没有不安全的。

切记：我们开车的速度有多快，我们走向坟墓的速度就有多快。

人对物质财富的需求度越高，自由度就越低；人对物质财富的需求度越低，自由度就越高。

优秀的人未必成功，成功的人未必优秀，如里一个优秀的人能够成功，当然很好；如果一个优秀的人不能够成功，也要认命。

最痛苦的无聊不是无事可做，而是百事无心；

最痛苦的孤独不是身边无人，而是心中无己。

迎难而上劲莫松，
知难而退转头空。
世上从来少坦途，
无限风光在险峰。

眼睛是心灵的窗户；
表情是心情的门户。

如果你总想得到别人赞同、肯定、认可的时候，也许就是你最缺乏自信的时候。

犹豫拖延是滋生恐惧的温床；
马上行动是治愈恐惧的药方。

没有过不去的坎坷，只有回不去的岁月；
没有想不到的希望，只有做不到的现实；
没有洗不掉的污渍，只有去不掉的污点；
没有治不了的雾霾，只有走不出的阴霾。

有人说世界上最难的两件事：一是把别人的金钱装进自己的口袋；二是把把自己的思想装进别人的脑袋。我想说世界上最难的两件事：一是把贪欲清除自己的脑袋；二是把宽恕装进别人的口袋。

贪欲是自己给自己套上的枷锁；
恐惧是自己给自己布下的陷阱。

一周：周三以前过得很慢，周三以后过得很快；

一年：6 月以前过得很慢，6 月以后过得很快；
一生：40 岁以前过得很慢，40 岁以后过得很快。

把每一天都当作最后一天来过，你将过得很充实；
把每一件事都当作要出事来办，你将做得很安全。

懒惰与恶习，来时容易去时难。

勇气，也许让人痛苦一阵子；
退缩，可能让人后悔一辈子。

面对苦难，显得冷峻，这叫坚韧；
面对苦难，面带微笑，这叫坦然；
面对苦难，垂头丧气，这叫懦弱。

在生活中，如果一个人与你的关系时近时远，与你的感情时亲时疏，那么这个人多半是一个小人。

当一个人说："我要有所作为"的时候，说明他正在成长；
当一个人说："我要有所不为"的时候，说明他正在成熟。

不放过自己，缺少智慧；不放过别人，缺少仁爱。连自己都不能放过的人，他会放过别人吗？

心高气傲的人，他可以不在乎自己的孤傲，但绝对容不下别人的孤傲。

"随缘""无为""不争"，被常人理解为听天由命、无所作为、消极避世。真的是那样吗？如果真是那样，几人能够做到？

争，心胸就狭窄了。人心就像一条单行道；
让，心胸就宽广了，人心就像一条双行道。

遇事都显聪明，恰好证明你的愚蠢；
小事显得糊涂，恰好证明你的智慧。

在所有借口中，等待与拖延最容易找借口。因此，许多理想在等待中变老，许多计划在拖延中泡汤。

男人天生好斗，斗的结果也许是两败俱伤；
女人天生好比，比的结果也许是自寻烦恼。

一个人独处，可能产生思想；
两个人相处，可能产生感情；
三个人相处，可能产生是非。

商业谈判是为了妥协，要么你妥协，要么对方妥协；
夫妻沟通是为了让步，要么你让步，要么对方让步。

时间是淡化心里忧伤的大师，却不是解决问题的高手。

在人生路上，我们既要不断向前看，也要随时向后看。向前看是为了博采，突出的是个“广”字；向后看是为了沉淀，突出的是个“深”字。

如果没有知错就改的态度，那就做好一错再错的准备。

有两种女人让男人头痛：一是你德和如结婚而不愿和你结婚的；另一个是你想和她离婚而不愿和你离婚的。

理想与梦想的区别：理想是你清醒时候的，梦想是你睡着时候的。有的人，心不随愿就喝酒；有的人，小有成就做梦。

现代婚姻，有一部分人在拼命我人口，有一部分人在忘命找出口。

人与人最远的距离是金钱；心与心最远的距离是冷漠。

在这个世界上，心大的人总比胆大的人要多。

宽容别人也是宽广自己；
折腾别人也是折磨自己。

在这个世界上，真正能够对我们负责的只有我们自己。对自己都不能负责，怎么谈得上对他人尽责呢?

内心不强大，
遇事都害怕：
人生本无常，
祸福在转化；
百折而不挠，
挫败又算啥?

人只有在独处的时候才能成为真正的自己，但并不是所有的人在独处的时候都可以成为真正的自己。因为有的人在独处的时候，总是无所事事、想入非非、百无聊赖、烦躁不安。

时间并不能帮我们解决人生的所有烦恼，但是，时间可以让我们淡化心里的一些忧伤。

过错，不能遗忘；
错过，只有遗憾。

快乐易忘，痛苦难忘；
恩爱易忘，仇恨难忘；
得到易忘，失去难忘。

喜欢发怒的人，往往受到的是双重的惩罚。一是用别人的错误惩罚自己，这是不明智的表现；二是用自己的错误惩罚自己，这是不理智的表现。

痛苦不可怕，对痛苦的畏惧最可怕；
恐惧不可怕，对恐惧的恐惧最可怕。

有时候，放弃不是一种被动的逃避，而是一种主动的选择，更是一种取舍的智慧。

和他人较真，愚蠢！和自己较真，不知有多愚蠢！

心中不能放下的过往，要么恋恋不舍，要么耿耿于怀。

有的人难以改变，我们只能改变对人的态度；

有的事难以改变，我们只能改变看事的角度。

当我们欣赏别人的时候，我们自己也被欣赏；
当我们伤害别人的时候，我们自己也在受伤。

一个人的胸怀是否宽广，重要的就是看他是否具有欣赏他人的眼光。

人可有私欲，但不能有贪欲；
人可有希望，但不能有奢望；
人可有梦想，但不能有幻想。

对待自己的诺言，要看重一点；
对待别人的诺言，要看轻一点。

太看重输赢，有可能输得很惨；
太看重得失，有可能失去很多。

犯错，不可怕；
认错，不丢脸；
改错，不犹豫。

不要在悲情的时候作决定，不要在忘情的时候作承诺。

性格决定人的命运；
宽恕决定人的容量；
缺陷决定人的极限；
眼光决定人的品位；
内涵决定人的气质；
思路决定人的出路。

面对同一种行为，人们在指责别人与原谅自己的时候，往往选择的是不同的标准。

别人对你的态度和评价，并不能决定你是一个什么样的人，你对别人的态度和评价，反而能体现你是一个什么样的人。

诚信、善良、给予就像一面镜子，你对它笑，它也就对你笑。

改变别人就像改变自己一样难。

我们要时刻修炼自己的内心。如果修炼的目的是为了逃避现实，而不是面对现实，那么这种修炼将与目的南辕北辙。

盲目的比较，只会让你更加迷失自己。只有对自己多一些真切的了解，才能活出最真实的自己。

慢比快更幸福；
闲比忙更智慧；
舍比得更快乐；
柔比刚更长久；
缺比盈更完美；
做比说更服众。

在这个世界上，不要太轻信别人，就连自己的行为很多时候都会背叛自己的心灵；

在这个世界上，不要太依赖别人，就连自己的影子在黑暗时都会离开自己的身体。

有时候，人与人的感情就像时令蔬菜，越新鲜越容易腐烂

苦，才是人生；
痛，才是经历；
变，才是命运；
简，才是幸福；
独，才是成熟；
恕，才是智慧：

忍，才是历练；
静，才是修养；
学，才是知识；
爱，才是慈悲；
忘，才是轻松；
谦，才是收获；
放，才是超脱；
善，才是福气；
退，才是安全。

认识不了的是自己；
满足不了的是欲望；
掌控不了的是生命；
学习不完的是知识；
吸取不完的是教训；
丈量不完的是时间。

实现理想，也许需要努力一辈子，但是，放弃只需一瞬间；
取得成功，也许需要奋斗一辈子，但是，失败只在一瞬间。

有时候，宁可坚强得让人可恨，也不要懦弱得让人可怜。

之所以坚强，是因为没有坚强得后盾；
之所以谦逊，是因为没有骄傲的资本；
之所以宽恕，是因为没有怨恨的理由。

一切都会过去

当你失败而苦不堪言的时候，要知道，这一切都会过去；
当你成功而得意忘形的时候，要知道，这一切都会过去；

当你年轻而朝气蓬勃的时候，要知道，这一切都会过去；
当你年迈而老态龙钟的时候，要知道，这一切都会过去。

小桥流水、袅袅炊烟的乡愁带给人的是安宁；车水马龙、灯红酒绿的城市带给人的是躁动。

完全信任一个人，要么获得一份刻骨铭心的感情，要么得到一个终生难忘的教训。

嘴上说的不是心里想的，叫口是心非；
眼睛说的不是心里想的，叫欲盖弥彰。

“巧伪不如拙诚。”就是说巧妙的伪装不如笨拙的真诚。我们总是喜欢别人笨拙的真诚，很多人自己则喜欢巧妙的伪装。在虚伪与真诚之间，人们要求别人与要求自己就有如此大的区别。

行善终得道，
作恶必失道，
只要时间到，
善恶终相报。

因为残缺，所以美好；
因为美好，所以遗憾；
因为遗憾，所以经典。

太完美反而让人怀疑

《颜氏家训》有言：“至诚之言，人未能信，至洁之行，物或致疑，皆由言行声名，无余地也。”就是说：最诚实的话语，别人是不会轻易相信的；最高洁的行为，别人也是不会轻易相信的。因为这些言论、行动的名声太好了，好得没有余地。

有些事可以说现象，不宜作结论；
有些事只能说现象，不宜作评论。

怪力乱神恶满盈，
谦恭守下少祸根，
积善行德散散财，
适可而止有几人？

得意·失意

人生难免遇到得意和失意的一些时候。但是，处理得意比处理失意更难，因为人在失意的时候，容易变得清醒和警醒，而人在得意的时候，则容易变得愚蠢和迷糊。失意时，你只要镇定和坚强，也许慢慢就会走出困境，但在得意时，就需要谨慎、谦恭、明智、克制、宽容、沉稳、检省等等。

有人说："相爱容易相处难。"我理解相语更多体现在感觉上相处更多体现在生活中。

一个优秀男人应该心像天空一样宁静，情像夕阳一样温暖，力像高山一样坚定，胸像大海一样宽广。

得意傲然，失意寡然，这是常人的表情；
得意淡然，失意泰然，这是智者的表情。

对于事：耳听为虚，眼见为实，但人们总是重耳轻目；
对于爱：远在天边，近在眼前，但人们总是舍近求远。

树敌容易交友难，树敌只凭一时怨气，交友则需一生大气；
相爱容易相处难，相爱可凭一时心动，相处则需一生行动。

看开，才能放下；
看透，才能慈悲；
看惯，才能相处。

寂寞，不是别人不理自己，而是自己不理自己。

朋友的变化，我们不一定能够看清自己；但是，自己的变化，却能够让我们看清朋友。

老跟别人过不去，可能事关你的度量问题；
老跟自己过不去，可能事关你的智力问题；

朋友反目的原因可能有多种，但是，反目之后诋毁别人，原因只有一种，那就是人品问题。

你未必喜欢孤独，但一定不要孤僻；
你未必喜欢寂寞，但一定不要冷漠；
你未必喜欢失落，但一定不要堕落。

原谅和宽容，有时比制裁和惩罚更有效果。

逆境和苦难是一个人成功的必修课。逆境让人清醒，不经历逆境，不知道成功的艰辛；苦难让人坚定，不经受苦难，不知道成功的甜蜜。

在生活中，有很多时候，需要我们等候、忍耐、沉默、镇定。

知难而进是勇士；
知难而退是懦夫；
知错即改是聪明；
知错不改是愚蠢。

急于求成总难成；
争强好胜总难胜。

人生最难熬的是等待，最美的是终于等到了所等的东西；
人生最难受的是忍耐，最美的是终于忍过了所忍的事情。

练就一颗强大的内心，有很多功课要做，有很多坎坷要迈，有很多磨难要经历，仅凭想象，难以坚强。

当你爱上一个不该爱的人的时候，对你的影响是双重的：一是让你充满神奇的向往；二是给你带来难言的忧伤。

成熟不是看破，而是看淡；
成熟不是看穿，而是看透。

爱到极致，人会变成神；善到极致，人会变成圣。

回忆从前，让你知道什么叫幼稚；
向往未来，让你知道什么叫幻想。

我们看似生活在一个充满选择的年代，然而很多时候我们却别无选择。

真正的绝望了，反而会让一个人彻底平静下来。

不要羡慕年轻人，因为自己也曾经翩翩少年；
不要鄙视老年人，因为自己也将会风烛残年。

不是我不够自信，而是我对许多人来说都是那么渺小；
不是我不够自强，而是我对许多人来说都是那么卑微。

人们想做的事情多，能做的事情少，能做好的事更少；
人们想要的东西多，需要的东西少，急需的东西更少。

生活无意义的时候，我们总爱回味；
生活有意义的时候，我们总爱向往。

别人年轻，不必羡慕，自己也有过花样年华；
自己成功，不必炫耀，别人也可能时来运转。

把怨气调成静音，就是成熟；
把贪念调成振动，就是境界。

给别人留余地，就是给自己找台阶；
给别人留面子，就是给自己以尊严。

随着阅历的增长，我们的思想应该增加一些重量。

职场如战场，
小人需提放，
如果不注意，
最终易受伤。

没有求过人，不知办事之艰难；没有救过人，不知帮人之快乐。

如果男人娶到一个强势的女人做妻子，这个男人生活中多少有些憋屈，容易出问题的也是这种男人；

如果女人嫁了一个窝囊的男人做丈夫，这个女人生活中多少有些委屈，容易出问题的也是这种女人。

心安才会神泰；
心宽才会体健；
心平才会气和；
心慈才会手软；
心狠才会手辣；
心高才会气傲；
心灰才会意冷；
心领才会神会。

以理服人而不服者，就以事实去说服吧！
好言相劝而不听者，就让结局去告诉吧！

有的人把简单的事情搞复杂，办法真的不少；把复杂的事情搞简单，办法真的很少。

什么时候，你对金钱真的不再看得那么重了，你对很多事情自然也就会看得很开了。

漂亮又市侩的女人，男人既想又怕。

不要小看任何人，每个人身上都有值得我们学习的东西；
不要忽视任何事，每件事里面都有值得我们总结的东西。

放不下的就是贪；
忘不了的就是痴；

想不通的就是愚；
瞧不起的就是慢；
得不到的就是痛；
解不开的就是迷；
过不去的就是坎。

真正的朋友有三种：爱你的朋友，忘你的朋友，恨你的朋友。爱你的朋友，无话不说；忘你的朋友，无话可说；恨你的朋友，任凭他说。

所有宗教信仰的核心应该是一个“爱”字。如果与爱无关，不论仪式多么虔诚，那都不是真正的宗教信仰。

柯林斯（英）说：“在快乐时，朋友会认识我们；在患难时，我们会认识朋友。”得意时，朋友蜂拥而至，难辨真假；失意时，朋友作鸟兽散，真相大白。

交友要慎

曾国藩说过：“一生之成败，皆关乎朋友之贤否，不可不值也。”选择朋友就是选择自己的命运。现实生活中，因选错形情而跌跤子、摔跟头，甚至掉脑袋的领导干部真不在少数。人生在世交友要慎。能够交到良友、益友固然三生有幸，如果实在交不到，那就与善良、朴实的劳动人民交朋友，他们可以净化我们的感情；或者与丰富、智慧的文化经典交朋友，它们可以净化我们的灵魂。

有时候，你为了讨好别人而讨好别人，不但别人瞧不起你，就连你自己也瞧不起自己。因为，这种讨好是伪装的喜欢，是真正的下贱。

很多时候，我们都像在为别人而活，扪心自问，究竟有多少时候，我们的内心真正属于自己。

回不去的就叫曾经；
不经意的就叫现在；
到不了的就叫永远。

你不能勇敢，没人替你坚强；
你不能放下，没人替你扛起；
你不能成熟，没人替你完善。

依靠别人，终究是场赌博；
自力更生，好梦才能成真。

表面隐忍不等于内心真正的坚强；
表面镇定不等于内心真正的冷静。

学习，永远不晚；
思考，永远不晚；
实践，永远不晚；
改变，永远不晚；
修正，永远不晚；
完善，永远不晚。

好记性，有时是一种甜美的回忆，有时则是一种沉重的负担。

有人说："时间可以改变一切。"其实，真正能够改变的，只有我们自己。

与人为善，一切随缘。不要太在乎别人对你的评价，懂你的，不用解释；不懂你的，不需解释。

心若阳光，
何来忧伤；
心若忧伤，
何能坚强。

成功与失败者的最大区别：前者多在自己身上找原因；后者多在别人身上找原因。

哲学让我们与圣贤对话；
生活让我们与自己和解。

有人说："时间和新欢能够让人忘记一段感情。"如果时间和新欢都有了，仍然忘不了那段感情，究竟是时间不够长，还是新欢不够好？

你怨恨，说明你不够大度；
你恐惧，说明你不够镇定；
你嫉妒，说明你不够优秀；
你纠结，说明你不够果断；
你灰暗，说明你不够阳光；
你慌张，说明你不够从容。

在生活中，凡是每天通过认真思考和积极反思过滤下来的东西，哪怕只是点点滴滴，都是我们走向成熟的营养品。

别人对你的恶，可能忘不了，但一定要放下；
你对别人的好，可能没回报，但一定要放下。

爱与恨都具有累积效应。只不过是爱的累积呈算数级增长；恨的累积呈几何级增长。

世上有一种永远让人后悔的事情，那就是发脾气。

绝境，能让人清醒；
独处，能还原本性；
时间，能医治创伤。

在生活中，如果遇到心烦意乱、百无聊赖的时候，要么上床睡一睡，要么出去走一走。绝对不要像傻子一样在那里发呆。

人们往往把发展自己看做一种能力，却忽视了克制自己也是一种能力；
人们往往把善于交际看做一种能力，却忽视了能够独处也是一种能力。

我们总是像智者一样劝慰别人，却又像傻子一样折磨自己。其实我们非常清楚：有时候对别人的劝慰连自己都无能为力，对自己的折磨让别人匪夷所思。

评论别人容易，
反省自己较难；
原谅自己容易，
宽恕别人较难。

人的最大困惑就是不知道自己究竟最需要什么东西；
人的最大困难就是不知道自己究竟是个什么样的人。

有人在你面前说别人坏话，你只是微笑；有人在你面前说你的好话，你只是微笑。对前者，你不要掺和，一掺和就不能正确对待别人；对后者，你不要认真，一认真就不能正确对待自己。

让所有的人都喜欢你，让你喜欢所有的人，两者都不现实。

小时候，母亲教我们学会说话；长大了，社会教我们学会闭嘴。说话是一种能力，闭嘴是一种智慧。

许多身体正常的人往往难以成才，因为他们什么都想走捷径。而身体先天缺陷的人不乏成才者，因为他们没有什么捷径可走。

舒适长惰性，绝望见本性。

不完美的才叫人生；
不满足的才叫人心；
不出卖的才叫人格。

做出有些决定只需几分钟，可是后悔却需要一辈子。

珍惜总在错过后；
成功总在失败后；
收获总在付出后。

等待，有时是醉人的守候；
等待，有时是烦人的煎熬。

没有用眼睛证实的事情，最好不要用嘴巴来证明。

急于表达，不代表有见解；
急于否定，不代表有个性。

做人要自信，但不能自信得狂妄；
做人要低调，但不能低调得虚伪。

心中满是牢骚和意见的人，永远难以听进别人的意见。

我们有时输给别人的不是自己的实力，而是自己的心态。

叹息当初不该那样做，这叫后悔；
警告今后不能那样做，这叫教训。

喜欢大多在眼里；爱恋大多在心里。喜欢不一定有爱恋成分，但是，爱恋一定有喜欢成分。

女人在生气的时候说的话，大多是假的，可是男人基本信以为真；
女人在撒娇的时候说的话，基本是真的，可是男人大多没有在意。

关心你飞得高不高、累不累的是你的亲人；
关注你摔得痛不痛、惨不惨的是你的仇人。

做人不能太方，方则刺，有刺容易让人受伤；
做人不能太圆，圆则滑，圆滑容易让人远离。

女人遇到一个好男人，女人永远长不大；
男人遇到一个好女人，男人永远长得快。

我能容人，我就主动，一切皆在情理之中；
我不容人，我就被动，一切皆有意料之外。

有人说“性格决定命运”，也有人说“心态决定命运”。我认为一个人的命运，前半生多受性格影响，后半生多由心态决定。

巧言令色，可能心中有鬼；
自以为是，多半目中无人。

勤奋与节俭，
就像人爬山，
不停即为勤，
慢走就是俭。

最平凡的生活

对那些临死的人（包括死刑犯），先做一个“让其继续活下”的假设，再问问他们最想的事情是什么？其回答可能是惊人的相似，希望过一种最简单、最普通、最平凡的生活！当我们好好活着的时候，为什么我们又不甘心这样生活呢？

人们每天忙碌奔波，盲目找寻，结果发现所得到的东西，大多都不是自己最需要的。

婚姻，可以让你了解对方，认识自己，知道个性，懂得妥协，

恋爱的主题词：美妙、甜蜜、思念、奉献；
婚姻的主题词：忠诚、尊重、包容、妥协。

什么是超脱？怎样才能超脱？如果我们没有对悲伤、忧郁、恐惧、孤独、痛苦的亲身经历和深刻体会，我们谈何超脱？

期求回报的给予就是一种变相的索取。

对你无意，你却有情，智吗？
对你有情，你却无意，义吗？

当一个人特别喜欢炫耀他过去的辉煌时，多半他已走投无路，试想，如果他面前是一条光明的坦途，他有必要炫耀吗？

人生该清醒的时候要清醒，在不该为的事情上务必清醒；
人生该糊涂的时候要糊涂。在不该争的事情上务必糊涂。

总想改变别人，
经常怨天尤人，
自己不作主人，
实为戚戚小人。

时间可以将善良、智慧、宽恕变成佳酿；
时间可以把罪恶、愚蠢、嫉妒变成毒酒。

金钱本无善恶，
取用才见善恶，
古训人为财死，
临死才知着魔。

仗势欺人者，一旦势尽，他的遭遇可能要比他欺负之人惨痛得多；

意气用事者，一旦气平，他的悔恨可能要比他任何时候强烈得多。

不要恃才傲物，须知天外有天，人外有人；

不要恃强凌弱，须知螳螂捕蝉，黄雀在后。

人在旅途匆匆走，
不如意事常八九，
人人有本难念经，
自私自利无药救。

人的见识不一样，
意见分歧很正常，
口诛笔伐莫应战，
实践之中见真相。

人生两类事

人生有两类事情：一类是不能把握的，也不必操心，操心也无用的事情，比如天赋、命运、死亡等；还有一类是可以把握的，可以努力，努力也能做好的事情，比如勤奋、读书、行善等。

奇怪的嘴巴

在人的所有器官中，口这个器官最不容易管好，偏偏又是最应管好的。这个器官进出都容易出问题，要么病从口入，要么祸从口出。看来，一个能把自己嘴巴管好的人也不是一个简单的人。

人生要面对的三种关系

人生要面对三种关系：一是人与自然的关系；二是人与他人的关系；三是人与自我的关系。处理人与自然的关系，要有敬畏之心，不能自狂；处理人与他人的关系，要有宽恕之心，不能自傲；处理人与自我的关系，要有警悟之心，不能自欺。

谦受益，满招损，这句古训不仅用于求学，也适用于为人处世各个方面。

美言如艳阳；
冷言如冰霜；
危言如累卵；
流言如瘟疫；
箴言如良药。

精卫填海，难填欲海；
一语道破，疑心难破。

真理就是最简单、最朴素的道理，人们一看就明，一听就懂。

时间的节奏

时间很奇妙，它无形、无影、无声，有时，我们甚至没有感觉到它的存在，但它始终与我们形影不离。每天它陪我们等待着、忍受着、希望着。有时它让我们快乐无比，有时它让我们痛苦难熬；有时它让我们度日如年，有时它让我们度年如日。不管我们怎样，时间总以它不变的节奏向前走着。

收不回的东西

《圣经》说：有三样东西不能收回，一是射出的箭；二是说出的话；三是失去的机会。其实收不回的远不止这三样，比如流逝的时间、逝去的青春。

成熟的人生就像雕刻工艺品，先去掉边角，再修饰瑕疵，最后精心打磨。

以恩报恩，这是人之常情；
以恩抱怨，就是老于世故。

人要成功，一靠才，二靠学，三靠运。才是先天赋予，学是后天努力，运要自己把握。

一个人要获得成功很难，而要获得别人不嫉妒、不排斥、不非议的成功难上加难。

总想改变别人，为什么不改变自己？总是责怪别人，为什么不检省自己？如果我们都用对别人的标准来要求自己，也许人与人就好相处得多。

自己是个什么人？自己能做什么事？如果个人真正认清了这两点，那么多少会做成一些事。

择善而从

每天，我们都在对自己所经历的一切进行筛选过滤，据此来判别：哪些人不能交，哪些事不能做。有的人因筛孔较粗，良莠难分，泥沙俱下，最终酸成悲剧：有的人则筛孔较细，黑白分明，标准严格，终生活得自在。

毛泽东说：“一个人做点好事并不难，难的是一辈子做好事。”那么一辈子都做坏事的人有没有？

不要担心，媳妇和她妈妈再大的矛盾都是小问题；
不要粗心，媳妇和她婆婆再小的误会都是大问题。

此时你说人，

背后人说你，
要想少是非，
除非你闭嘴。

牢骚的话咽下去，怨怒的事忍下去，便是难得糊涂；
豪情的话说出来，义气的事干出来，便是性情中人。

小聪明，对每个人来说，只是多与少的问题；
大智慧，对每个人来说，则是有与无的问题。

世态炎凉，不能心态炎凉；
坠入红尘，不能看破红尘。

听到诽谤就怒不可遏者，正中诽谤者下怀；
听到赞美就喜形于色者，打开谄媚者大门。

仗势欺人者，势败遭人欺；
盛气凌人者，气尽遭人凌；
恃财辱人者，财散遭人辱；
先发制人者，发后遭人制。

废话是人际关系的第一句；
套话是八股文章的第一句；
情话是亲密恋人的第一句；
谎话是人品变坏的第一句。

测试男人的品味，可以看他对女人的态度；
测试女人的品行，可以看她对金钱的态度。

如果说我比别人成熟一些，那是因为我受到的苦难要比别人多一点；

如果说我比别人深刻一些，那是因为我经历的坎坷要比别人多一点。

宽容需要大气；
低头需要勇气；
抬头需要底气：
高洁需要骨气；
侠义需要豪气；
改革需要锐气；
进取需要朝气。

人们总是对自己无把握的事情很刻意，如求名、求利；
人们总是对自己有把握的事情不在意，如求知、求学。

人情有真假，人们最容易看到假象的一面；
人性有巧拙，人们最希望表现机巧的一面。

能不能真实面对自己，就看你能否真正面对孤独。

莫太贪，太贪不平安；
莫太闲，太闲生是非；
莫太精，太精无朋友。

表面清廉，背地里贪污腐化，典型的伪君子；
表面和善，背地里挑拨离间，典型的真小人。

拿得起的人多，放得下的人少；
想上去的人多，愿退下的人少；
懂得起的人多，做得到的人少；

评论人的人多，反思己的人少。

与人相处，懂得退让，是智者，也是强者；
与人相处，只知争抢，是愚者，也是弱者。

让人后悔的语言

醉后的狂言；
草率的诺言；
骗人的谎言；
不当的直言；
冲动的誓言；
议人的闲言。

身要正；
意要定；
色要温；
气要平；
言要谨；
心要静；
学要恒；
识要广；
行要慎。

不可与商人言情；
不可与小人言义；
不可与俗人言道。

为人：先淡后浓、先疏后亲；
处事：先易后难、先小后大；

立家：先苦后甜、先贱后贵。

不说话不等于没有话；
不生病不等于没毛病；
不生气不等于没脾气。

天道人心，人心天道；
天道酬勤，天道酬善；
天道惩恶，天道惩私。

恶贯满盈，法网一定难逃；
不义之财，偿还一定加倍。

言多者必有所失；
求名者必有所非；
逞强者必有所折。

知错就改，善莫大焉；
须臾不忍，祸莫大焉；
安不忘危，福莫大焉。

待人宜宽，唯独对子女不能宽；
处事宜中，唯独对是非不能中。

言过其实者，基本不可用；
言过其行者，基本不可信。

人一生：朋友不少，知己难求；梦想不少，如意难求；机缘不少，胜算难求。

逆境，也许是转折；顺境，也许是陷阱。当你身处逆境时，你对逆境的认识是否有足够的智慧？你对逆境的战胜是否有足够的定力？当你身处顺境时，你对顺境的认识是否有足够的清醒？你对顺境的保持是否有足够的信心？

为人之要在“尊”“恕”，
为学之要在“勤”“精”，
为政之要在“公”“廉”，
为商之要在“诚”“信”，
为父之要在“严”“贤”，
为母之要在“慈”“爱”，
为子之要在“孝”“敬”，
为夫之要在“责”“惜”，
为妻之要在“贤”“淑”。

情到深处人孤独；
阅到深处人宁静；
识到深处人理智；
悟到深处人洒脱。

对上司，不卑不亢；
对同事，不愧不怍；
对敌人，不惹不怕；
对学生，不悱不发；
对困难，不屈不挠；
对名利，不忮不求；
对谣言，不理不睬。

爱人者，人爱之；
助人者，人助之；

赞人者，人赞之：
乐人者，人乐之；
说人者，人说之；
欺人者，人欺之；
损人者，人损之；
辱人者，人辱之；
怨人者，人怨之。

非仁勿爱，非义勿交，非智勿谋，非诚勿扰。

你在台上，很紧张，观众在台下，很放松。其实，你无需那么紧张，因为，观众根本就没有那么在意。你要做的就是：笑一笑，表现出最好的自己。

没有比人更高的山；
没有比心更大的天；
没有比脚更长的路。

行善，生怕别人不知道，不是真正的善；
作恶，生怕别人知道了，乃是真正的恶。

识己之短，智也；
解人之意，明也；
容人之长，德也；
受人之托，信也；
践人之诺，诚也；
救人之需，义也；
怜人之弱，仁也，
强人之难，怨也；
欺人之言，诈也。

善小不为之，
恶小而为之，
心若存侥幸，
时到必报之。

差距来自每一天；
失败来自每一步；
祸患来自每一言。

当今，你如果难以做到择邻而居，那么你应当做到择师而从，如果你难以做到择师而从，那么你应当做到择友而交。

连一句不花钱的赞美之词都十分吝啬的人，难道你还期求他会把什么给予别人吗？

人生，有的事情可以做，有的事情不能做。可以做的事情太多太多，做人，知道什么事不能做，比知道哪些事应该做更为重要。

别人对我们“肯定式”的赞誉，要谨慎；
别人对我们“否定式”的忠告，要警惕。

失意者的情形大致相同，得意者的情形则各不相同。

言而无信，不知其可；
言而无行，不虞之患；
言而无果，不齿于人。

对亲人，听其言，信其行；
对友人，听其言，观其行；

对小人，听其言，察其行。

你再一丝不苟，总有百密一疏的时候；
你再谦虚谨慎，总有好为人师的时候；
你再忍气吞声，总有怒不可遏的时候；
你再沉默是金，总有脱口而出的时候；
你再沉着冷静，总有心浮气躁的时候；
你再聚精会神，总有心猿意马的时候。

真正的自由不是为所欲为，而是不该为的时候绝不为。

等待和忍耐

人生由无数的等待和忍耐组成。很多时候，等到心痛，忍到心烦。等待和忍耐的对象代表两种不同的情态：等待的对象多为好事情，忍耐的对象多为不好的事情。这也代表两种时态：等待是将来时，人们急切盼望等待变成现在时，比如盼望恋人的早早到来；忍耐是现在时，人们急切希望忍耐变成过去时，比如希望烦恼早早地离去。

时间的快慢

时间，看不见，摸不着，但是你总感觉在流动。有时感到时光如梭，快得让人留恋，快得让人怀念，留恋逝去的美好，怀念不再的昨天；有时感到度日如年，慢得让人无聊，慢得让人乏味，无聊得不知所以，乏味得心烦意乱。

怯懦是人的一大缺点，是一个自己都看不起自己的缺点，是一个明知是缺点而又不断找借口的缺点，是人的缺点中本可以战胜而又最不应该原谅的缺点。

遭遇逆境或挫折，靠心理自我调节的是强者，靠时间慢慢淡化的是弱者。

知易，行难；动易，静难；
乱易，治难；说易，做难；
死易，生难；奢易，俭难；
懒易，勤难；攻易，防难；
退易，进难；富易，贵难；
分易，和难；废易，建难。

为你所爱的人，可以改变习惯，却难以改变性格；
为你所憎的人，可以改变行为，却难以改变看法。

爱，要及时表达，否则，难以弥补；
恨，要慎重考虑，否则，后患无穷；
恕，要坚持修炼，否则，冤冤相报。

一美女从面前路过，眼前一亮，惊鸿一瞥，心里怦然一动，啊！是我恋人该多美呀。如果一个男人说他从来没有过这样的经历，要么太虚伪，要么太悲哀。

报应莫嫌迟，开场即是收场日；
布施莫嫌早，聚到多是方为少。

谋事须瞻前，无远虑时有近忧；
为人须顾后，上台终有下台时。

记住别人的恶，心中有恶魔；
记住别人的善，心中艳阳天。

平安往往伴随有危险，只不过人们在平安时不容易想到危险；
幸福往往伴随有祸殃，只不过人们在幸福时不容易想到祸殃；
快乐往往伴随有忧伤，只不过人们在快乐时不容易想到忧伤；
恩爱往往伴随有怨恨，只不过人们在恩爱时不容易想到怨恨。

想比说易，说比做易。

人与人沟通的最大障碍，有时候并不是语言，而是怯懦。

人的个性千差万别，人的本性大同小异。

我们为什么怕鬼，因为心头有鬼；
我们为什么着魔，因为心里有魔。

静以修身，俭以养德，要有一颗平常心；
淡泊明志，宁静致远，要有一颗智慧心；
祸不单行，福无双至，要有一颗知足心；
哀哀父母，生我劬劳，要有一颗感恩心；
积善之家，必有余庆，要有一颗慈善心；
人非圣贤，孰能无过，要有一颗包容心；
己所不欲，勿施于人，要有一颗仁爱心。

人在某一刻表现智慧并不难，难的是一辈子都智慧；
人对某一事表现智慧并不难，难的是对所有事情都智慧。

面对别人的忠告，听不进去，说明你是个很一般的人；面对别人的忠告，痛改前非，说明你是个不一般的人。

一只木桶盛水多少，取决于最短的那块木板；
一行车队速度快慢，取决于最慢的那辆车子。

养成良好的生活习惯

习惯不好的人，在生活中，要平添许多焦躁和烦恼。比如身份证、手机、钥匙、充电器等东西随意放置，不断变化电脑和银行卡密码等，除非你有超强的记忆力，否则，随时就要为寻找东西而心急如焚，为找回密码而绞尽脑汁。如果一个人经常为这些事情所困扰，怎么可能生活得轻松愉快呢？因此，我们在生活中，宁可做事慢一点，细一点，力求做到有规律、有条理、有次序。养成良好的生活习惯，往往体现在一些细小的事情上。

个人只要在世俗中生活，就难免会用世俗的眼光看别人，同时也会被别人用世俗的眼光看自己。如果你在看别人和被别人看时，都能宁静和坦然面对，那么，你算是活出了几分人生真味。

行善，要有平常心，因为真善都是不求回报的；
作恶，要有敬畏心，因为邪恶都是怕见阳光的。

最难的辩解：有口难辩；
最难的改变：积习难改；
最难的机遇：千载难逢；
最难的测量：高深莫测；
最难的逃跑：插翅难逃；
最难的雕刻：朽木难雕。
最难的选择：左右为难；
最难的表达：一言难尽。

宁可不说话，也不说假话；
宁可不庄重，也不假正经；
宁可不智慧，也不小聪明。

知道了自己的限度，你就会变得大度。

感情的极端是痴；
权力的极端是狂；
利益的极端是贪。

真正的强者

面对人生的挫折和逆境，我们要内心坚强，须知一个真正的强者是不会被这些击垮的，也只有经历了这些，我们才能够磨砺出一副钢筋铁骨。

面对人生的亲情和爱情，我们要内心感激，须知一个真正的强者少不了这些东西的滋润，也只有时刻被它们所浸润，我们的心中才能结出一些爱的果实。

面对人生的荣辱和得失，我们要内心超脱，须知一个真正的强者是不会被这些左右的，

也只有看透了这些，我们才能拥有一颗智慧的心灵。

事后聪明无异于事前愚蠢；
高估自己无异于低估别人。

在最平凡、最简单的生活中，往往包含着人生的智慧和真谛。

人，最忠实的朋友是自己。但是，人往往不善于做自己的朋友。

谋事在人，成事在天，不与命运抗争；
己所不欲，勿施于人，不给别人为难
随遇而安，顺其自然，不和自己较劲。

人生，总是充满着无尽的等待。好人好事等待他快快地来，坏人坏事等待他快快地去。

丰富的心灵是幸福的源泉；
敏感的内心是忧伤的源泉；
冲动的情绪是后悔的源泉。

人一生能做的事情永远只占他想做的事情很小很小一部分。

一切直觉都包含有幻觉；
一切理解都包含有误解；
一切如意都包含有失意；
一切划算都包含有失算；
一切协调都包含有失调。

真正的彻悟就是在该放下的时候不执着。

有的梦醒来之后，总是叹惜——为什么是个梦呢？有的梦醒来之后，总是庆幸——幸好原来是个梦！

知己可遇不可求。如果一再强求，要么别人心生反感，要么自己心生怨恨。

与父母对话最亲切；
与知己对话最随意；
与领导对话最讲究；
与媒体对话最设防；
与自己对话最困难。

无聊爱缠人

不管是在工作中还是在生活中，我最怕无聊来袭。但是，总有那么一些时候觉得特别无聊，每当此时，在单位上，我就去串串办公室，可是这种串门又很快滋生出新的无聊；在家里，我就去做做家务活，可是这种干活也仅仅是暂时缓解无聊。无聊，这位不速之客，有时真的很难打发。

一个外表强势，内心脆弱的人，绝对不是一个真正的强者，真正的强者，必有一颗坚定的内心；一个外表好胜，内心狭隘的人，绝对不是一个真正的强者，真正的强者，必有一个宽广的胸怀。

真正的智者，必定是一个精神上的强者。精神上的强者，必定有一颗从容的心灵；精神上的强者，必定有一种宽容的心态。从容的心灵可以看到自己的局限；宽容的心态可以知道别人的局限。

莫因自己的长处而骄傲，因为人外必有人；
莫因别人的短处而讥笑，因为三人必有师。

人生难免遇到挫折或失意，是咬咬牙，百折不摧挺过去，还是叹叹气，万念俱灰沉下去？这就是坚强与脆弱的分水岭。

如果说后悔是事后的聪明，那么草率则是事前的愚蠢。

在社会生活中，我们每个人都很难做到按照自己的真面目生活，但是，我们可以努力做到按照自己真性情生活。

季羡林说：“真话不全说，假话全不说。”
周国平说：“在不能说真话时，宁愿不说话，也不要说假话。”

说真话需要勇气，说假话需要脸皮。真话可以不说，假话可以不听。

不要去耗费别人的时间

鲁迅先生说："时间就是生命，无端的空耗别人的时间，其实是无异于谋财害命的。"我想鲁迅先生在说这段话的时候，既是在提醒自己，也是在警告他人，同时也为有人耗费他的时间而深受其害，并对这种行为深恶痛绝。

这个世界太热闹、太喧嚣。有时候，安静下来，我们和自己的内心说说话，是一件多么奢侈的事情。

与人交往，有得有失；
自己独处，有得无失。

不去试一试，怎么知道行不行？
不去拼一拼，怎么知道赢不赢？

如果你想活得像模像样，那就多多关注你的外在吧！
如果你想活得有滋有味，那就多多关注你的内在吧！

有人问我：在生活中，究竟与别人妥协更难还是与自己妥协更难？我想说：有时与别人妥协更难，有时与自己妥协更难。但是，这两者妥协都需要智慧。在生活中，既不能给别人妥协，也不能给自己妥协的人比比皆是。

贪图虚名者，对物质利益必将贪恋。你想，对看不见的东西都不放过，对摸得着的东西会轻易放手吗？

在生活道路上，每当我们成长几岁，再回过头看过去，你就会觉得我们原来那些自命不凡、自我标榜、自我陶醉、自作多情、自寻烦恼、自以为是、自作聪明……其实是多么幼稚可笑。

如果人们能够相互尊重，彼此都能给别人自由的时间和空间该是多么美好。在生活中，即使我们免不了要麻烦和打扰别人，只要做到适可而止，我想，别人对你会更加尊重。

不能承受的悲剧是真正的悲剧，在悲剧面前，承受能力比悲剧本身更重要；

不能消解的恐惧是最大的恐惧，在恐惧面前，消解心理比恐惧本身更重要。

未经欢乐滋润的心灵太坚硬，未经苦难雕琢的心灵太柔弱。刚柔相济，才能承受生命之轻和人生之重。

有人说："工作忙一点也好，可以让自己活得充实一些。"可是，那些整天忙忙碌碌的人，为何愁眉不展，长吁短叹，他们是不是忙得无暇关心自己了？

肉体生活与精神生活都有一个共同目标，那就是追求完美。在现实生活中，为什么心里愉悦的时候不多，而身体疲惫的时候不少呢？

婚姻中的冲突缘于两性的差异，婚姻中的和谐也缘于两性的差异。

寂寞如此难耐，思想何以深刻？孤独如此可怕，内心何以强大？

个人真正的智慧不是为人世故，处事圆滑。真正的智慧往往包含有简单和童心成分。

日常生活大同小异，精神生活千差万别。前者不一定能够影响后者，但是后者却能够影响前者。

当朋友出卖了你的时候

在生活中，你把有的人当兄弟、当朋友，然而他却出卖你、背弃你、诬陷你，说明他不是真正的兄弟和朋友，那么你就尽快地不去想他，忘却他。否则，对你心灵的折磨是双重的：一是他的阴魂不散，二是你的自寻烦恼；对你的情感折磨也是双重的：一是他的背信弃义；二是你的悔不当初。

得意的时候，不容易看清自己，不容易看清朋友；
失意的时候，既容易看清自己，也容易看清朋友；
危难的时候，不一定能看清自己，但能看清朋友；
孤独的时候，不一定能看清朋友，但能看清自己。

有的人经历一次车祸，再不驾车了；
有的人经历一次车祸，车速下降了；
有的人经历一次车祸，不敢坐车了。

成功的经验，可能被人吸取；
失败的教训，永远为己所用。

胆怯·恐惧

在人生的某些阶段或某些具体事情上，每个人都会出现一些胆怯或恐惧心理，这是人之常态，但是它往往又不是真实的情感表达。比如，有的人讲话怯场，其实，别人对你的关注远没有你想象的那么重，这种胆怯是故意放大听众的心理感受，以至于放大到一种不真实的状态。并且这种胆怯很容易让你产生退缩，退缩到自己不能战胜自己的局面。与其退缩，不如大胆走上台；再比如一个人晚上在山间草丛中夜行，可能想象力就更加丰富，各种传说中的怪力乱神都可能倾巢出动，于是就产生恐惧心理，这种恐惧纯属无中生有，也是一种不真实的情态，并且这种恐惧很容易让人产生逃避，逃避的最终结果就是自己打败自己。与其逃避，不如大胆向前冲。

我们应该多一些敬畏之心：
敬畏自然，你将多些爱心；
敬畏父母，你将多些孝心；
敬畏法律，你将多些善心。

真正要把人做好，并不容易。做官也好，经商也好，有的人总是失败，从某种意义上讲，其实也就是做人的失败。

为人之要，言而有信；
处世之道，谨言慎行；
立家之本，克勤克俭。

人生在世，为人处世，怎样做人，最最根本。

喜欢比较，人之本性；
怎样比较，人有差异；
往上比较，比出遗恨；
往下比较，比出自信。

江山易改，本性难移。对人性格会产生较大影响的有三件事：一是挫折，二是病魔，三是学习。

天地之道在阴阳；
为人处世在中庸。

讥人愚，即为骄；
议人短，即为傲。

现代社会，人情包括两个方面：既有物质的，也有精神的，但是表达方式则体现的是一种文化。

人的成长过程就是一系列选择的过程，有时是单项选择，有时是多项选择，有时是别无选择。

追名逐利，你未必就能得到名利；追名逐利，你必将失去精神自由。

在人的所有缺点中，没有比自以为是、自作聪明更让人讨厌的了。自以为是往往是肯定自己、否定别人；自作聪明往往是高估自己、低估别人。

一个人做点善事并不难，难的是一辈子坚持善举；
一个人读几本书并不难，难的是一辈子坚持读书；
一个人锻炼几天并不难，难的是一辈子坚持锻炼。

凡人有僧人的心态叫克制；
僧人有凡人的心态叫亵渎。

如果想知道一个人的人格，给他名吧；
如果想知道一个人的人品，给他利吧。

人生有两件事只有长期坚持才能有所收获：一是学习，二是锻炼。

在自然界，只有人是最复杂、最矛盾、最多变的动物。请问，你的思想和行为有多少时候是高度统一的，绝对一致的?

人，识己长处易，识己短处难；识人短处易，识人长处难。

心浮气躁，兵家所忌；
心高气傲，为政所忌。

上天是公平的，你获得权力，必将失去一些自由；你获得美食，必将失去部分健康；你在某些方面是天才，那么你在某些方面必定有缺陷。生而为人，我们就应该懂得这些，如此，我们就不会怨天，也不会尤人。

你认为多的时候，也许少了；
你认为少的时候，也许多了；
你认为得的时候，也许失了；
你认为失的时候，也许得了。

人最难做到知足和适度。

一个人，不管你做任何事情，清楚自己的劣势比知道自己的优势更为重要。

有时候，事情的复杂程度取决于你的心思。再简单的事情，你想多了，都不简单；再复杂的事情，你少想点，都不复杂。

坏习惯易养成；
好习惯难坚持。

每个人都有那么一些非常宁静的时刻，此时脑中总是那么旷远，心胸总是那么豁达，只是这样的时刻太少。每个人都有那么一些非常焦躁的时刻，此时头脑总是那么空虚，心中总是那么不安，只是这样的时刻太多。

树欲静而风不止，
心欲静而痴难断。

茫茫宇宙，思维和时间是两样最奇妙的东西。

我们的身体是机遇的产物，我们的成功也是机遇的产物。

人们最不愿意去又必须去的地方是公共厕所；人们最不想说又必须说的话是拍马屁的话；人们最不想吃又必须吃的饭是鸿门宴。

田径赛跑，当速度慢下来的时候，我们可以喘口气，为以后的冲刺积蓄能量；
发展经济，当速度慢下来的时候，我们可以调结构，为以后的提速积蓄能量。

人之初，性本善？人之初，性本恶？我以为人心易向善，行为易向恶。

麻将桌上，最能识别一个人的性格、品行、应变能力、自控能力。

要想知道别人的软肋，一是洞察其内心；二是摸清其爱好。

人，之所以对赌博容易上瘾，那是因为赌博之前并不认为自己一定会输。

斗米成仇人，碗米成恩人。有的人，你今天给他 100 元钱，明天给他 50 元钱，他会把你当仇人；你今天给他 5 元钱，明天给他 10 元钱，他会把你当恩人。

过去，一不小心就怀了孕，
现在，怎么用心都难怀孕。

小孩过年过的味道；
大人过年过的心情。

能与你爱的人相处是本能，能与你不爱的人相处是本事。

把恋爱当艺术，可能是真情实意；
把恋爱当技术，可能是虚情假意。

友谊像瓷器易脆裂，友谊像食物易霉变。

女孩子喜欢打扮不等于善于打扮，一个不善于打扮的女孩子，要么少见识，要么缺内涵。

自己不想的事情，也不强加于人，是一个人的美德；
自己想要的事情，硬要强加于人，是一个人的缺德。
选择，既是一种接受，也是一种拒绝。

消减恐惧的最好办法就是直面恐惧。

胆怯和恐惧，如果我们不能战胜它，那么它就像雪球，随着时间的裹卷，越裹越大。

滚滚红尘，必须亲自品尝，方知其真味；
漫漫长路，必须亲自丈量，方知其长短。

人生像牌局，
明知有输赢，
人人都想赢，
赌局一散场，
方知命中定。

述说的第一要素是尊重，别人才有耐心听下去；
倾听的第一要素是兴趣，别人才有信心说下去。

我们的思想里面既要有建筑物，也要有垃圾站，忙于建设，疏于清理，到头来，我们思想的建筑物就会被废气、污水、噪音所包围。如此，心灵怎能安顿？

如果你对自然有敬畏之心，对历史有敬仰之情，对生死有敬重之态，那么你基本称得上一个智慧的人。

中学时，对压力的理解来自物理学；
成年后，对压力的感受来自生活中。

事前愚蠢 = 事后聪明。

人，总希望得到别人的肯定与赞美。细细一想，我们希望博得别人好感的地方难道就不是我们的弱项和软肋吗？

喜，可以伪装；
怒，绝对真实。

古人云：胜败乃兵家常事。我想说：胜败在很大程度上取决于心理素质。

在人生所有的关系中，最难处的是自己和自己的关系。

在命运面前，当我们只有一种选择的时候，实际上也就是别无选择，怎么办？接受吧。

每个人都有多面性，示人的那一面往往是其最在意的一面，但可能不是最真实的一面。

在生活中，我们期求的东西越少，我们的心就越清静，我们的脚步也就越轻盈。

为人，最大的伤害是“不尊重”；
处事，最大的怨气是“不公平”。

情急时，后悔有的话没有说出口；
冷静时，庆幸有的话没有说出口。

嫁谁很重要，因为他有可能决定你一辈子的生活态度；
娶谁更重要，因为她有可能决定你一辈子的人生高度。

永远不知什么对自己最重要的，是迷悟；
终于知道什么对自己最重要的，是醒悟；
身体力行那些对自己最重要的，是觉悟。

一个人最为感动的，莫过于别人对自己的宽容；
一个人最难做到的，莫过于自己对别人的宽容。

上帝要让你灭亡，必先让你疯狂；上帝要让你杰出，必先让你孤独。

时间就是这样奇怪，既可以淡忘感情，也可以难忘感情。

当你考虑自己越多的时候，往往就是你人际关系较差的时候；
当你考虑自己越少的时候，往往就是你人际关系较好的时候。

人际关系，说到底就是处理你和他人的关系。也就是以你一人面对众人，如果要众人都来适应你一个人，根本不可能；如果要你一个人去适应众人，还有一定可能性。

如想博得他人对你的好感，两条最有效的途径：一是迎合他的自私；二是展示你的无私。

你宽容一个人时，当时心理很难受，过后心理很好受。

人类源于劳动；
生命源于运动；
成功源于主动；
后悔源于冲动；
河水源于流动；
士气源于鼓动；
爱心源于感动；
无聊源于躁动。

如果你要送给女人一份化妆品，不如送她一份好心情，好心情是女人最好的化妆品。

忍耐，很多人都能想到却难以做到。要么发怒伤了人，要么发怒吃了亏，所以，有的人在办公桌前书写一个“忍”字，时刻警醒自己，忍耐既是处世之法，又是待人之道，既是一种度量，又是一种眼光。

酒局，是一个需要说话的地方，是一个需要说好话、说笑话的地方。如果你不能喝酒也不想说话，那么你最好不要去酒局，否则，你觉得难受，别人觉得难堪。

男人爱上一个女人会感到陶醉；
男人爱上一个不该爱的女人容易犯罪；
女人爱上一个男人会变得麻醉；
女人爱上一个不该爱的男人就是受罪。

人　心

心，指人和高等动物身体内推动血液循环的器官。古人以为心是思维的器官，所以把思想的器官、感情等称之为心。《孟子·告子上》曰：“心之官则思，思则得之，不思则不得也。”因此，心既是有形的，也是无形的；作为人体的器官是有形的，它是人体最重要的组成部分，作为思想的产物是无形的，它是人生最复杂的情感表达。有时心粗，有时心细；有时心硬，有时心软；有时心宽，有时心窄。愉悦时，心弦、心声、心曲、心音环绕；紧张时，心烦、心焦、心慌、心悸泛滥；郁闷时，心病、心酸、心寒、心痛挥之不去；灵动时，心思、心得、心语呼之即来；得意时心花怒放，失意时心灰意懒；激动时心急如焚，宁静时心如止水；有时心慈手软，有时心狠手辣；有时心口不一，有时心口相应；有时心中无数，有时心中有数。

为名所累、为利所惑、为情所困都是让人难以自拔的事情。

一个人在百无聊赖的时候，什么都可以想，但是什么都无心做。

赌博输了钱的人，心情都一样，表情不一样；
赌博赢了钱的人，心情也一样，表情也一样。

一个人很优秀，别人往往打心眼里表示佩服，如果你自认为很优秀，别人往往会打心眼里瞧不起。

冲动一阵子，后悔一辈子。

心情与天气有密切关系，每当阳光明媚的时候，我们的心情也十分舒畅，每当阴雨连绵的时候，心情也变得忧郁。所以在天气晴好的时候，我们应该抓紧时间把一些重要的事情做好。

没有个性就像一杯白开水；
太有个性就像一杯苦丁茶。

为人要像古钱币：外圆而内方。方是目标，圆是路径；方是原则，圆是变通；方以不变应万变，圆以可变应不变；方是做人的脊梁，圆是处事的锦囊；方而不圆易碰壁，圆而不方难成器。

如果你真不知道自己是一个什么样的人，那么你就看看你在权力、金钱面前的态度和表现。

不要指望爬山一两天，身体健康就会改善；不要指望看书一两天，知识结构就会改善。这些都是一生必须坚持的事情。

以怨报怨是怨的叠加，其结局可能是两败俱伤；以德报怨是怨的衰减，其结局可能是两全其美。以怨报怨，人人都能做到，以德报怨，就很少有人做到。

非常之成功需要超常之忍耐。这种忍耐不是听天由命、逆来顺受的被动心态；不是伺机反扑、东山再起的报复心态；而是韬光养晦、沉着坚定的强者心态。

有勇无谋要坏事；
有谋无勇难成事。

我们心中始终有两个自己。一个是想象要成为的自己，这个自己总想达到而又很难达到；一个是现实中的自己，这个自己总想改变而又很难改变。

管住嘴巴

嘴巴是人身上最特别、最可怕的一个器官。它既有物质性又有精神性，摄入食物是其物质性，表达思想是其精神性，它既是利的器官，又是害的源头。摄入食物，强身健体，表达思想，让人享受，这是其利的方面；营养过剩，疾病缠身，胡言乱语，祸从口出，这是其害的方面。

忧郁是一种病，独阴无阳；
忧郁是一种美，深不见底。

行到山穷水尽处，跳崖投江的未必是英雄，回头转向的未必是狗熊；

干到功成名就时，一往无前的未必是英雄，见好就收的未必是狗熊。

真正放下了，也就没有了如痴如醉和难以入睡。

走进医院，看到的都是一些身心有问题，不健康的人。因此，定期把大家组织到医院从上到下走一走，可能是最好的健康教育；

走到监狱，看到的都是一些犯罪的人、忏悔的人，因此，定期把大家组织到监狱从上到下走一走，可能是最好的廉政教育。

不要埋怨环境，要主动适应环境；
不要改变爱人，要主动提升自己；
不要心生仇恨，要主动调节心情。

女人总希望自己的爱人既是情人又是丈夫，集于一身，难！男人总希望自己有个老婆、有个情人、最好还有个小妾，各有千秋，更难！

女人，害怕女人的衰老；男人，害怕衰老的女人。总之，衰老，对女人是一个十分敏感的词汇。

如果有人伤害了你，还不至于达到剑拔弩张、鱼死网破的境地。此时，你要稍稍冷静一下，努力在心中去搜寻他（她）曾经对你的爱、对你的好，只要搜出这些，你的心情自然就平静些了。面对伤害你的人，只要你愿意以人性向善的心理去理解，如此下去，你们的关系终会得到改善，他（她）的良心终会得到复苏。

女人：
小鸟依人是尤物；
内涵丰富是读物；
善解人意是药物；
耍横撒野是怪物；
深居简出是文物；
风姿绰约是景物；

子女成群是产物。

精神空虚是无聊；
脑袋空虚是无知；
意识空虚是无物。

有时候，难得糊涂就是难得聪明。

生活中，有时我们要说该说的话，有时要说想说的话，有时要说要说的话。说？还是不说？我经常这样反问自己。

生活中，我们有多少时候把“好像”当成了“就是”。

打牌，可以把一个人的性格、品格、人格、风格展现得淋漓尽致。

水，极度的冷却以后就会变成冰；
人，极度的冷静以后就会变成神？

人类发明电灯，是想把白昼延长；
人们崇尚运动，是想把生命延长。

不要时时、处处、事事都认为你比别人聪明，其实别人并不比你愚蠢。

偏见和失态往往都是情绪化的产物。

不能正确认识自己，那是因为缺乏悟性；
不能正确认识别人，那是因为不解人性。

眼睛是心灵的窗户；

脑袋是知识的仓库；
嘴巴是祸害的通道。

性格孤僻的人活得挺痛苦

一是在众人面前很想表达自己而不能很好地表达，显得无力；

二是自己心中是火热的夏天，在别人眼里好像是寒冷的冬天，因别人的误会，显得无奈；

三是由内在的无力和外在的无奈双重夹击，显得无助。

人与人之间总是存在比较和参照。如果你的存在已经对别人构成威胁，那么你就要切记：明枪易躲，暗箭难防。

当你面对一些人、一些事开始产生不顺眼、不顺心的时候，你就应该好好反省自己了。

不管喝什么酒，只要喝醉了，醉酒的感觉都一样；
不管生什么病，只要严重了，怕死的感觉都一样。

清高者容不下清高者

大凡清高者，往往有他的一技之长。“技”究竟有多“长”？肯定不是最长，达到了最长，就成了大师，大师一般都很谦逊。清高者就是把自己的“技”无限放“长”了，清高者都是高估了自己的“长”，一个清高的人往往看不起那些平庸之辈，他更不能容忍那些比他还要清高的人。

人，有时需要一个上帝，有时需要一个敌人。上帝用以寄托心灵，敌人用以验证实力。

走向未知的两条路径：一是哲学思考；一是自我修炼。

少打麻将，你的身体将少些病痛；
少打麻将，你的心里将少些烦恼；
少打麻将，你的囊中将少些羞涩；
少打麻将，你的家庭将少些矛盾；
少打麻将，你的人生将少些遗憾。

有的人不在乎结果，只想过程绚烂如夏花；
有的人不在乎过程，只想结果丰厚如秋实。

睡醒之后，不要赖在床上，早早起来吧，你将比别人多享受一份清新的空气和美丽的阳光。

人生最高的智慧是给予；
人生最高的哲学是舍得。

别人的言行很容易引起你的情绪剧烈反应，比如魂牵梦绕、焦躁不安、反复揣度。如果你具有上述特点，说明你是一个心理弱者。

嫉妒，并不是说明你真的恨那个人，正好说明你希望成为那个人。

赌徒心理：输了，想赌得更大，翻本；赢了，想赌的更小，保利。

人与人比较，往往都是那些附属于人的东西（比如金钱、地位、名声、服饰等）比较。当我们都去掉身上那些附属之后，谁与谁不一样？

越是看重别人对你的评价，你将活得越不真实。因为太在乎别人的评价，你就没有时间反观自己的内心，不知道真实的自我；太在乎别人的评价，你就有兴趣看到别人的表情，难做到真实的自我。

要了解一个人，从他的爱好、喜好、偏好入手是最捷径的。

在职场，你在别人心中的地位和形象，永远没有你想象的那么重要。

领导在公开场合表扬你、肯定你，你真的不要据此沾沾自喜、洋洋得意，这意味着你将要更加注重处理好与同事的关系。

麻将，既能检验朋友，又能考验自己，更会影响关系。

最高的智慧来自平凡的生活；
最高的悟性来自宁静的心灵。

和时间赛跑，我们永远都是输家。

在人生旅途中，只要通过“利益”标尺的度量，很多“朋友”就会变成路人。

已经过去的是杂念、尚未到来的是妄想、此时此刻的最现实。活在当下，献出爱心，尊重他人，善待自己。

眼睛永远没有心看得远；
头脑永远没有心想得多。

生活困难的时候，电视广告多是猪鱼饲料；
生活温饱的时候，电视广告多是食品美酒；

生活小康的时候，电视广告多是休闲旅游。

人一旦失去信誉，就近乎走上绝路。

在这个喧嚣浮躁的时代，心灵的宁静，不仅是我们精神的营养品，而且是我们生存的必需品。

人生如麻将，常常充满遗憾；
麻将如人生，局局都有缺陷。

在人生道路上，我们有很多无奈、无助与无言的时候，这些都是我们最真实的人生。

生活温饱时，请客总是问别人：您想吃什么？
生活小康时，请客应该问别人：您不吃什么？

要记住：人们对坏事的传播兴趣总是比好事要浓；人们对坏事的传播速度总是比好事要快。

逐鹿者不见山，捕鱼者不见海；眼中只有鹿鱼，心中就无山水；
追名者不见情，逐利者不见义；眼中只有名利，心中就无情义。

登高固然可以望远，但要承受高处的寒冷，因为高处不胜寒；登高固然可以望远，但要承受高处的风险，因为爬得越高就会摔得越惨。

召开技术评审会，一是专家必须说话（不说话显得没水平）；二是不能说相同的话（说重复的话显得更没有水平）。

在公众场合，随意打断别人说话，对人不尊重，对己不自重。

现在，很快会变成过去；
拥有，很快会变成过去；
人生，很快会变成过去。

在世上，要想混出个名堂，有时得丢掉面子，有时得失去尊严，有时得出卖灵魂。懂得了这些，你就不难理解那些上蹿下跳、巧言令色的人了。

四川达州，七八九月，洪水泛滥，百年不遇！年年相遇？黎民百姓，百思不解。

香花无色，色花无香。人又何尝不是这样？

有时候，我们走在大街上，如果遇到一个似曾相识，但又一时叫不出名字的人，面带微笑，点头示意，说声您好，不管怎样都是合适宜的。

在这个世界上，很多女人都希望拥有钻石、珠宝、貂皮大衣，但是真正觉得拥有这些东西是美丽的女人却很少，而绝大部分女人关注的是钻石、珠宝、貂皮大衣的价钱。

勿以善小而不为，涓涓细流可以汇成一片大海；
勿以恶小而为之，星星之火可以燃烧一片森林。

有的人时时为自己着想，结果总是事与愿违；
有的人处处为他人着想，结果总是出乎意料。

早起的人为钱所惑，无利不起早；
失眠的人为情所困，心有千千结。

如果我们在对他人的给予中还期望得到回报，只能说明我们还不是一个高尚的布施者，而是一个卑微的乞讨者。

夏天，在成都的大街上，总有一些卖黄葛兰的妇女、儿童穿梭于车流之间，红灯停处，他们便走近车窗，出租车司机往往会花上几元钱买上一串。那些开着豪车的人则会把车窗玻璃摇起来，那张高贵的脸一下子就看不见了。

因麻将富甲一方者，见过报道吗？这个真没有；
因麻将倾家荡产者，见过报道吗？这个应该有。

世间万物，称过方知轻重，量过方知长短。

一杯泥水，让其静止，污泥就会沉淀下去，泥水最后就会变得清澈；
人的内心，让其静止，杂念就会沉淀下去，内心最后就会变得纯净。

草率决定会出事；
久拖不决会误事。

人与人相处，需要大器度；
常念他人恶，最后一人孤；
能忍一时气，方成大丈夫。

说话是处事，而且是更为重要的处事。话说错了，固然得罪人；有时候，话说对了，同样得罪人。

提升自我的方法：每天坚持阅读；每天坚持锻炼；每天坚持

反思；多给人一点微笑；多给人一点赞美；多给人一点帮助。

我们说一个人生气，其实大多是生别人的气，很少自己生自己的气。为什么总是生别人的气，一气别人对我的误会，二气别人对我的伤害。我们为什么不生自己的气呢？为什么不气自己的猜忌？为什么不气自己的狭隘？

情况危急时，情绪激动时，更应该“谋定而后动”。如果此时我们意气用事，盲目冲动，对人，很可能留下悔恨；对事，很可能造成遗憾。

一个人最清醒的时候：
重病缠身时；
大祸临头时；
东窗事发时；
遭受挫折时；
退休闲暇时；
生离死别时。

急于求成的结果往往是急于难成或急于不成。

即使在最好的朋友面前，也并不是什么都可以说，什么都可以做。最起码的尊重是必须的。

在人与人的交往中，恐怕没有比好为人师的人更不好相处的了。因为那种自命不凡、自命清高的的形象，总给人一种以己度人、以我划线的味道。

冯骥才说：“运动中的赛跑，是看你在有限的路程里用少时间；人生中的赛跑，是看你在有限的时间里跑了多少路程。”前者关注的是运动的速度，而后者关注的是生命的长度。

在人的一生中，很多时候需要等待、需要忍耐、需要沉默。

人的一生就是燃烧。燃烧越充分，释放出来的就是光和热；燃烧不充分，释放出来的就是烟和雾。

失败比成功更本质；
仇恨比感恩更深刻。

最最渴望成功的时候，往往最难获得到成功，因为对成功的渴望，不仅加重了思想负担，而且加剧了心理障碍，其结果说不定不能得到想要得到的，反而还会失去已经拥有的。

如果你想活得自由，你就必须学会简单，你就必须习惯孤独。

善于思考才能感知世界的多彩，心灵空虚只会感到世界是单调的重复；
心地善良才能感知世界的美好，阴谋诡计只会感到四周是难防的暗箭。

一个满脑子被物欲填满的人，他的情感世界会变得越来越小，他的精神空间会变得越来越窄。因此，这种人多半是一个冷漠的人，也是一个贫乏的人。

心态决定命运

在很早以前，我听说过“性格决定命运”；前几年，我看过一本书《细节决定命运》；现在，我真正感觉到“心态决定命运”。一个好的心态带给你的是从容、平静和淡定的心境，你会感到眼前一切都是那么阳光、温暖和善良，觉得幸福的感觉在不断放大。在这种状态下你还有什么不能左右逢缘、得心应手、马到成功呢？

好为人师让人厌

一个好为人师的人，一定是一个不受欢迎的人。好为人师有以下特点：

一是不自知。好为人师的人总认为自己什么都懂，认为自己比别人聪明，认为自己什么都比别人做得好。事实真的是那样的吗？其实一个人的思想和学识都是相当有限的，因为你的成长经历和社会阅历所限，在有些问题认识上，你的思想肯定不及那些成长经历复杂和社会阅历丰富的人，还有你的兴趣爱好和涉猎领域有别，在有些知识积累上，你的学识肯定不及那些兴趣广泛和涉及较宽领域的人。怎么能说你就比别人懂得多、做得好呢？

二是不自尊。好为人师的人眼光上目空一切、语言上口出狂言、行为上颐指气使。这些都是心理上很脆弱的表现，生怕别人听不进、不采纳；也是人格上有缺陷的标志，只顾自己的意气，不顾别人的感受。这些都会严重挫伤别人的自尊心，同时也难以获得别人的尊重。

三是不自省。好为人师的人一天都昏昏然、飘飘然，自己不能发现自己的错误，更谈不上主动及时地改正错误，听不进别人好的意见和建议，刚愎自用，唯我独尊，伤害了别人的自尊和感情，所以就很难做一个心理正常的人、人格健全的人，久而久之，与亲人、朋友也就越来越疏远。

过过慢生活

成都和丽江是全国出了名的慢生活城市。一个游客到丽江看到那里的人很悠闲，就问一个老太婆，说你们难道就不可以快一点吗？老太婆反问他：我们的终点是什么？游客说：是死亡呀！对呀，既然我们的终点都是死亡，那你这么匆匆忙忙赶去干吗？

这是一个很智慧的故事。

悠闲、自在的慢生活既让许多人向往，也让很多人不习惯。

说到慢生活，有的人以为就是那种懒散、拖沓的生活。其实真正意义上的慢生活应该是心里镇静、行为从容、顺应自然、踏实有序的工作、学习和生活。

自知太难

“我知道自己一无所知。”这是苏格拉底的一句绝世名言。如果是在20多岁的时候，我可能会把它当做“知识是人类进步的阶梯”等格言警句一样，过目即忘。40多岁人到中年，回过头来反观自己的人生经历，才觉得这句话是多么的深刻，深刻得无可替代，深刻得成了绝唱。看看人世间，先知先觉者太少，我们只有不断地在错误中检讨；自警自醒者太少，我们只有不断地在失败中反思；顺风顺水者太少，我们只有不断地在苦难中成长。

真朋友

怎样鉴别真正的朋友？我只是想从个人的体会谈点感受。

当你春风得意的时候，身边会簇拥很多人，场面非常热闹、非常光鲜。但是，这时你不要误认为这些都是你的朋友或者是好朋友。因为有的人是冲着你的势而来的，有的是想通过你获取一己私利，有的纯粹是觉得一天混在一起吃吃喝喝好耍。因此，这个时候成天围在你身边的人不是真正的朋友，这就是事实。

当你大权旁落的时候，过去簇拥在你身边的人，瞬间就像魔术般的不见了，这些人都到哪儿去了？他们又去围绕在像你昨天一样风光的人身边去了，因为此时的你对他们既没有用处，更没有什么好处了，他们还在你身边前呼后拥干什么呢？当然这时也还有那么一两个人经常和你保持联系，嘘寒问暖，有时邀你出来喝喝茶、聊聊天、散散心，这种反差让你一下明白了许多、成熟了许多、清醒了许多，这就是现实。

当你孤独的时候，你就会有很多感触，过去了的人和事通过现实的漏斗过滤，通过心灵的筛子分选，能够留下来让你永远记住的已经不多了。经历了这些之后，你的心态就会比过去任何时候都要理性得多、平静得多了。真正的朋友，你就要以一颗善良的心去对待他们，对他们多一点关爱、多一点付出，为他们做好你应该做好的一切事情；虚假的朋友，你不必为过去对他的帮助而悔恨，也不必为过去给他的支持而难过，你只有以一个清醒的头脑去思考他们、以一双明亮的眼睛审视他们，不能再用你的心去和他们交往。这些就算我的感悟吧！

凡是把小事看得头重的人，往往小题大做，一般心胸都很小；凡是把大事看得很轻的人，往往举重若轻，一般气度都很大。

性格与情绪

一个人最难改变的是性格；一个人最难控制的是情绪。性格是一个人与生俱来的，尤其受早期的成长环境、家庭教育等因素影响比较大。一个性格外向的人，你要他静如处子，他觉得如坐针毡；一个性格内向的人，你要他动如脱兔，他觉得强人所难。情绪往往是一个人心情的外在表现。有的人悲伤时痛不欲生，有的人愤怒时暴跳如雷。

人总有那么一些时候，环境会逼你活得不真实，自己也希望变得不真实。

在这个世界上，最复杂的东西莫过于人心。面对不同的境遇就会产生不同的心态。比如嫉妒之心、喜悦之心、恻隐之心、痛苦之心、愤怒之心、顺从之心、抗拒之心等等。单就面对巨大的压力和无边的苦难来说，就会有强大和脆弱的分野。世界上最脆弱的莫过于人心，最强大的也莫过于人心。

人往往最想改变的是自己的性格，因为每种性格都有它的不足之处，大大咧咧的人总希望变得细心一些，斤斤计较的人总希望变得大气一些，但是，青山易改本性难移，人最不容易改变的是性格。

人最难改变的是性格；
人最易改变的是计划；
人最难控制的是情绪。

一个人，当他想得多的时候，往往就说得少；当他说得多的时候，往往就想的少。

只有纯朴的情才能成就醉人的美；
只有清明的心才能体验真实的美。

情感怀想

对自己好一点，因为不一定有来世；
对他人好一点，因为不一定再相见。

正因为情是大家都说不清、道不明的东西，所以在这个世界上，为情迷、为情惑、为情困、为情恨者，不乏其人。

现代都市，夜晚，人在屋中；白天，屋在人中。流动的是人群，坚守的是屋宇。屋对人是那样的包容和执着，人对屋应该多几分亲密和眷恋。

月有阴晴圆缺；
年有春夏秋冬；
人有悲欢离合；
情有喜怒哀乐。

贵贱见交情；
聚散见友情；
生死见真情。

多情伤离别

别后的思念主要体现在时间和空间两个维度上，在时间维度上；睹物思人，若有所失；在空间维度上：人去屋空，天各一方。在生活中，即使与亲人小别，我们很容易一下陷入无尽的回忆与思念之中，脑海中总是浮现共同度过的那段时光。以至于不敢看手表，因为每一个时刻都会让我们想起昨天、前天的同一时刻。

中国的一些传统节日大多与驱鬼、辟邪、祈福有关。之所以叫过节，其实也就是过那道坎。因此，有时间的话，我们应当与父母、家人、孩子一起平平安安度过最好。

怎样处理父母、我们和孩子的关系？苏格拉底有句话说得非常精辟，那就是——要用希望孩子对待我们的方式去对待父母。

柏拉图说：“在所有的欺骗中，自欺是最严重的。”

骗别人，却不一定骗自己。但是，一个连自己都要骗的人，必定也是个骗别人的人，因此，一个自欺者，对人对己都不诚实的人，也是一个不能真实面对自己的人。这种人，既可悲，又可恨。

友人，浓淡相宜；
爱人，生死相依；
亲人，冷暖相知。

人间情缘

亲情，血缘关系；爱情，姻缘关系；友情，随缘关系。这三种感情，都因“缘”而结，亲情最纯，爱情最美，友情最真。爱情与友情的最高境界一定含有亲情成分。

当我们是孩子的时候，我们难以理解父母；
当我们是父母的时候，我们难以理解孩子。

家乡的老井

家乡老井就在山脚下，离我们家只有 200 多米。

这是一口 2 米深，2 米宽，用条石镶嵌而成的四方井。老井究竟有多少年历史？已无法考证。但是，它那苍老的井口、斑驳的井壁、泛绿的苔藓，都在向世人述说它沧桑的阅历。

从我记事开始，它就成了我生命的一部分，烧饭、洗脸、淘菜、洗衣、冲澡以及牲畜饮用，都要从老井取水。小时候，三伏天，我午睡起来，满身是汗，跑到井边，从井里捧上几捧水喝了，再打上几盆水冲冲凉，顿时觉得全身通透清爽。寒冬季节，每当我从井边路过，总会看见井面水雾缭绕，当时对这一现象不得其解，走过去捧一捧水，不觉得刺骨，暖暖的。

年复一年，寒来暑往，老井就这样默默无闻地供奉着我们。

家乡的老井，汩汩清泉，源源不断，冬暖夏凉。

致敬童年

我的童年，快乐而美丽。

人到中年，有时免不了孤独遐想，遐想那段难忘的童年时光。

那时候，没有课外作业。放学后，我们几个小伙伴满身泥水，就趴在路边看蚂蚁搬家；油菜花儿黄了，我们跑到田野去看蜜蜂采蜜；池塘莲藕开了，我们像做贼一样去捕捉蜻蜓。夏日午后，艳阳高照，我们听屋后山林中蝉鸣；傍晚牧归，我们骑在老牛背上，赶着鸡鸭进圈。蚂蚁、蜻蜓、蜜蜂、老牛、鸡鸭……它们都是我儿时的伙伴，和它们在一起，多么快乐。

还有那早晨的鸡鸣、深夜的犬吠、春天的花香、如银的月光、雨后的彩虹、房顶的炊烟、屋后的松涛、默默的老井……它们都是我儿时的诗意，把它们藏在心里，多么美丽。

致敬，我的童年！

再见，我儿时的流光！

——写给 2015 年 6.1 东方之星沉船事件的 3 岁遇难小女孩。

六一儿童节，
天使的节日。
三岁小女孩，
随爷爷奶奶，
开启了快乐的长江之旅。

东方之星客船，
死亡之船。
晚上九点，
狂风暴雨。

刹那间，
东方之星底朝天。
长江在哭泣，
举国在悲叹。

三岁小女孩，
花季还没开始，
生命之舟就将你推向深渊。
搜救人员进入船舱，
你已紧闭双眼，
小手儿还握住一袋饼干。
眼前的一切，
让搜救人员泪流满面。
他们，
像护送一个刚刚睡着的婴儿，
轻轻地，
轻轻地，
把你抱出轮船。
观者无不动容，
亲人肝肠寸断。

三岁小女孩，
天国没有痛苦，
天国没有灾难，
祝你一路走好！
愿你永远平安！

如果一个人把他所拥有的东西都视为理所当然，那么他就少了感激之情；

如果一个人把他所拥有的东西都视为来之不易，那么他就多了感恩之心。

有生之年多尽孝

孔子说："父母之年，不可不知，一则以喜，一则以惧。"就是说父母的年龄，我们不能不知道，一是为他们身体健康而高兴，一是为他们来日不多而担心。真可谓：

父母之年要知道，
养儿育女年事高，
身体健康乐淘淘，
有生之年多尽孝。

子夏问孔子什么是孝。孔子说："色难。"关于色难，有人理解为：做子女的要尽到孝，最不容易的就是让父母和颜悦色；有人理解为：做子女的要尽到孝，最不容易的就是让父母面无难色。前者强调的是子女的行为，后者强调的是父母的表情，其实，子女的行为往往就是父母的表情。

孝敬，多发自于心；
孝顺，多发自于行。

母子对话

儿子说："妈妈，今天是你的生日，我实在太忙了，不能回家看您，祝您生日快乐！"

妈妈说："儿子，你去忙吧，太忙就用不着回来，打个电话，妈妈知道就行啦。"

这种对话，多么耳熟，我们真的就这么忙？母亲真的就不在乎？

女人对心仪的异性说：我喜欢你！可能含有暧昧成分；
男人对心仪的异性说：我喜欢你！多半含有爱恋成分。

异性朋友的第一层境界是双方隔着那层纸；
异性朋友的第二层境界是双方捅破那层纸；
异性朋友的第三层境界是双方没有那层纸。

异性相吸

我始终相信男女之间除了爱情还有友情。心仪的异性朋友，心中有性的想象，身体有性的吸引是必然的，但是把握道德的底线和责任的高线却又是必须的。

在这个世界上，很多东西都有价，唯独爱与善是无价的。

青春年少时谈母爱，多少有些肤浅；
为人父母后谈母爱，那才显得深刻。

孩子虐待动物，看似小孩的问题，实则是家长的问题。

离家再远，我们尽量抽时间对母亲多一些探望，就是在尽一份孝心；

工作再忙，我们尽量抽时间对母亲多一些问候，也是在尽一份孝心；

生活再累，我们尽量抽时间对母亲多一些聆听，还是在尽一份孝心。

（写在 2015 年母亲节）

父母对孩子的言语伤害比什么伤害都要大；
父母对孩子的行为影响比什么影响都要深。

婚姻是一所最好的学校，这所学校主要教习怎样与人相处的艺术。凡是那些把家庭关系处理不好的人，处理同事、朋友以及其他社会关系也一定好不到哪里去。

能够爱父母和孩子，是你的本能，因为有血缘关系；
能够爱伴侣和朋友，是你的本事，因为无血缘关系。

婚姻的好坏之分

尘世间的婚姻，太好或太坏的婚姻基本没有或极其少有。如果有，也是非常危险的，太好的婚姻可能成为梁山伯与祝英台、罗密欧与朱丽叶式的经典戏剧；太坏的婚姻要么同床异梦、要么劳燕分飞。只有普通、平凡、合适的婚姻才具有人间烟火味。

在家庭婚姻生活中，有些人总希望通过改变对方来改善婚姻质量，结果事与愿违；有些人则是通过改变自己来改善婚姻质量，结果心想事成。

学习尊重交流、包容谅解这两门课程，婚姻是一所最好的学校，只要能够在这所学校拿到合格的毕业证，那么，你就不怕走向社会了。

利害，朋友的腐蚀剂；
尊重，朋友的保鲜剂；
理解，朋友的润滑剂；
包容，朋友的凝结剂；
诤言，朋友的清新剂。

在贫富、职业、道德、人格等诸多选项中，作为父母，对孩子影响最大的还是道德修养与人格魅力。

父母给孩子最珍贵的三份礼物：一是快乐的童年；二是健康的身心；三是幸福的未来。

不合脚的鞋子就不要硬塞，折磨的是自己的脚；
不合适的感情就不要强求，难受的是自己的心。

生活需要爱心，爱心需要理解，理解需要宽恕，宽恕需要智慧。

可以经营生活，但不能经营感情；
可以经营生意，但不能经营诚信。

友谊沉淀之后是真情；
谣言沉淀之后是真相；
流年沉淀之后是真知；
感情沉淀之后是真爱。

父爱是人生的阶梯；
母爱是人生的摇篮。

平淡是爱的真实写照；
亲情是爱的最高境界。

有些事不能等待

不要等到父母老了，才懂得孝敬；
不要等到爱人走了，才懂得惋惜；
不要等到朋友别了，才懂得珍贵。

久别的蛙声

2015 年 3 月出差，夜宿渠县一酒店。半夜醒来，听到窗外蛙鸣，于是翻身下床，凭窗眺望，楼下街灯点点，凝神静听，池塘蛙声一片。眼前的情景一下把我拉回故乡、拉回童年。读书求学，离开故土，走进城市，别了蛙声，已有40来年。30多年来，我国各地城市都有了较快发展，高楼林立，车水马龙，霓虹闪烁，这些构成我脑海里特有的城市图谱，却少了荷塘月色的清幽，尤其是别了那童年的蛙声。

我的家乡，屋前层层稻田，每到这个季节的夜晚，蛙声就像比赛一样，很是热闹。儿时的蛙声总觉得那么普通、平凡。几十年后，身在异乡，听到蛙声，感到多么熟悉、多么奢侈。

童年的蛙声让我进入甜美的梦乡，继续睡觉吧！

父母能够听到我们的声音，比功名更重要；
父母能够看到我们的身影，比金钱更重要。

用感恩的心去面对帮助我们的人，世界因此而美丽；
用宽容的心去面对伤害我们的人，世界因此而和谐。

有的相聚，都是萍水相逢；
有的相守，都是久别重逢。

今天元宵节，暑假结束了，女儿上学的日子。晚上回到家里，我的思念之情一下涌上心头，我好想去翻看去年暑假女儿离家上学时我的心情记录，其实用不着去翻看，女儿离家的时间不同，我思念的心情一模一样。

凡是给我们生命以爱和温暖的人，我们千万不要认为理所当然，我们应该像珍惜自己生命一样珍惜他们。

来世我们都不会再相见

亲爱的父母，

你要好好地、好好地保重身体，
我有空一定会多多看你，
无论这辈子我们相处多久，
来世我们都不会再见。

亲爱的伴侣，
你要好好地、好好地珍惜缘分，
我有空一定会多多陪你，
无论这辈子我们相处多久，
来世我们都不会再见。

亲爱的孩子，
你要好好地、好好地善待自己，
我有空一定会多多想你，
无论这辈子我们相处多久，
来世我们都不会再见。

朋友相聚啥最贵?
相互理解最可贵，
己所不欲勿施人，
死要面子活受罪。

亲爱的，我愿等你

亲爱的，我愿等你，
草儿绿了，我在田野等你，
花儿开了，我在山坡等你，
叶儿黄了，我在树下等你，
雪儿飘了，我在大地等你，
生命终了，我在天堂等你。

“我等你”比“我爱你”更让人感动。

爱情简单就幸福；
生活简单就快乐；
友谊简单就长久。

离愁在心头

苏轼的《江城子》：十年生死两茫茫。不思量，自难忘。千里孤坟，无处话凄凉。纵使相逢应不识，尘满面，鬓如霜。夜来幽梦忽还乡。小轩窗，正梳妆。相顾无言，惟有泪千行。料得年年肠断处，明月夜，短松冈。

陆游《钗头凤红酥手》：红酥手，黄縢酒，满城春色宫墙柳。东风恶，欢情薄，一怀愁绪，几年离索。错、错、错。

春如旧，人空瘦，泪痕红浥鲛绡透。桃花落，闲池阁，山盟虽在，锦书难托。莫、莫、莫。

李煜《相见欢》：无言独上西楼，月如钩。寂寞梧桐深院锁清秋。

剪不断，理还乱，是离愁。别是一般滋味在心头。

古人对离愁别恨的感受让人刻骨铭心，古人对离愁别恨的描写让人拍案叫绝。有人说今天通讯发达，即使走到天涯海角，一个电话就可以解决离别之恨、相思之苦，所以今天的人们对离愁别恨的感受比古人淡了，也就难以写出古人那样的千古绝句。

女人重感情，感情像佳酿，存放得久；
男人重感觉，感觉像酒精，挥发得快。

在感情方面，最想忘却的时候，反而历历在目。就像一个失眠患者，越是强迫入睡，越是辗转反侧。

对自己好一点，因为不一定有来世；
对他人好一点，因为不一定再相见。

一见钟情与外貌有关；
日久生情与内心有关；
不近人情与品性有关；
翻脸无情与涵养有关。

你忧伤的时候，有个男人用爱心哄着你；你受挫的时候，有个女人用善心陪着你。这样的男人和女人，我们都要倍加珍惜。

爱情就是朝朝暮暮的陪伴、平平淡淡的生活、从从容容的分离。

爱情不是一辈子不吵架，而是吵了架还能一辈子；
友情不是一辈子没误会，而是误会了还能一辈子；
亲情不是一辈子不分离，而是分离了还能一辈子。

朋友，通过时间和空间的考量，留下了真朋友，淘汰了假情义。

人到中年，既要照顾好我们的父母，又要照顾好我们自己。前者让父母安心，后者让父母放心。

当一个人叫你名字的时候，如果让你有很特别很特别的感觉，那么这个人要么是你所爱的人，要么就是爱你的人。

不要去欺骗别人，因为能够被你欺骗的人，可能就是最信任你的人。

善待亲人

一个人最熟悉的莫过于自己的亲人，一个人最容易忽视的也莫过于自己的亲人。在生活中，每个人难免会产生不良情绪，一时挥之不去，剪之不断。稍不注意，这些不良情绪就会污染蔓延到自己的亲人，无辜伤害到亲人。因此，我们一旦产生了不良情绪，就要立即从源头上加以控制，防止这种情绪污染蔓延和扩散，切忌因为自己的不良情绪而对亲人加以指责和训斥。每到此时，我们应该多一些坦诚的倾述和交流，多一些实在的温暖和感动，如此，才能营造一个十分和谐的亲情环境。

在这个世界上，我们最需要的就是给予别人的爱。

个对物质财富占有欲太强的人，这种人要么缺少爱，要么缺少被爱。

你对父母不孝，而要子女对你孝；你对上司不敬，而要下属对你敬。岂有此理！

中国人对人以“尊”为贵；
西方人对人以“亲”为贵。

如果他们的衣服的纽扣扣不整齐、吃饭的时候米饭到处洒落、碗筷洗不干净、走路走不稳当……他们，要么是你年幼的子女，要么是你年迈的父母。

恩不在多少，滴水之恩应当涌泉相报；
仇不在深浅，小事一桩可遭灭顶之灾。

给子孙留什么?

《司马光家训》说:“积金以遗子孙,子孙未必能守;积书以遗子孙,子孙未必能读;不如积阴德于冥冥之中,以为子孙长久之计。”

今人想给子孙留什么?想留金钱给子孙的,恐怕无计其数;在电子、数字媒体时代,能够坚持读书的人本来不多,那么想留知识给子孙的,可能少之又少;至于积善行德,以道德教化留给子孙的可能屈指可数。

留金钱给子孙,如果子孙争气,你留与不留,他都能成家立业;如果子孙不争气,必然散财败家。

留书籍给子孙,如果子孙认真读书,还可以安身立命;如果子孙见到书就头痛,遗留的书籍岂不是废纸一堆?

留德行给子孙,一是你的道德教化树立了榜样,对子孙会产生潜移默化的影响;二是你的善行义举受到世人敬仰,世人也会善待你的子孙。

夫妻关系总是在恩爱、责任、怨气的反复交织中前进的。

及时说出你的爱

面对亲人,
不要总是习以为常,
及时大胆说出你的爱。
不要等到那一天,
欲说,已天人相隔。
面对爱人,
不要总是碍口识羞,
及时大胆说出你的爱。
不要等到那一天,
欲说,已无力回天。

面对友人，
不要总是锱铢必较，
及时大胆说出你的爱。
不要等到那一天，
欲说，已形同陌路。

像鸟儿一样歌唱

我家居住在城市公园旁，这里绿树成荫，环境宜人，称得上是鸟儿的乐土，人间的天堂。

谷雨之后，夏季将至，白天渐长。早晨，天刚蒙蒙亮，鸟儿就开始绵言细语，怕是惊醒睡梦中的人们，天色越来越亮，鸟儿的歌声也就越发宛转悠扬。也许鸟儿的语言永远只有鸟儿才能听懂，但是，每当听到这悦耳的歌声，我们只是觉得此刻鸟儿的心情是多么欢畅。

人类可没鸟儿那么单纯，也就有了许多烦恼和忧伤，其实我们和鸟儿都生活在这块土地上，为什么就不能像鸟儿一样欢快地歌唱？

歌唱早晨！歌唱太阳！歌唱希望！

童年难忘，那是因为故土难离；
童心难泯，那是因为单纯不再。

如果一个人说他一生经历了很多次震撼心灵的爱情。你觉得可信吗？可能吗？

爱，需要学习，但是仅凭学习，可能仍然不会爱。

君子之交淡如水；
知音之交甘如饴；

利益之交毒如鸩。

交友无术，诚信而已；
成功无诀，恒心而已。

爱的本质是给予。这种给予的行为一定是自愿的、自然的；这种给予的感受一定是幸运的、幸福的。

同情是源于道德的触动；
慈悲是源于爱心的萌动；
善良是源于生命的感动。

判断一个人是否忠诚，不是看他发了多少血誓，而是要看他对父母的态度；

判断一个人是否仁爱，不是看他养了多少宠物，而是要看他对子女的态度；

判断一个人是否贪婪，不是看他积了多少财物，而是要看他对金钱的态度。

一切纯真的友谊都是自然形成的，
一切动人的表演都是刻意而为的。

孝敬父母

孟武伯问孝，子曰：“父母，唯其疾之忧。”（孟武伯向孔子请教什么是孝道，孔子说：“作父母的为子女的疾病担忧。”）

子夏问孝，子曰：“色难。有事，弟子服其劳；有酒食，先生馔，曾是以为孝乎？”（子夏向孔子请教什么是孝道，孔子回答说：“子女经常在父母面前保持高兴的神色，很难。有事情，年轻人效劳，有美酒佳肴，让长辈吃喝，难道这就是孝吗？”）

孔子对孝的回答让我们反思。我们原以为让父母衣食无忧就是对父母尽孝道，我们更多关注他们物质层面的享受，比如平时给些零花钱，节假日买点新衣服。但是，我们最容易忽略他们精神层面的感受，比如平时陪他们聊聊天，节假日陪他们出去走一走。按照孔子对孝道的理解，只要我们有一副健康身体，免得父母为我们身体担忧，也是对父母尽孝。另一方面，我们随时保持一个良好的心态，不让父母为我们的心事犯愁，也是对父母尽孝。

古人说：万恶淫为首，百善孝为先。我想说：万恶贪为首，百善爱为先。

能处好兄弟姐妹关系，靠的是本能，因为有血缘关系；
能处好夫妻朋友关系，靠的是本事，因为无血缘关系。

滴水之恩，当涌泉相报。别人有恩于你，你就及时报答吧！不然，别人没了时间，悄然而去；或者你自己没了时间，抱憾而去。

你可以给孩子身体，但不能给他灵魂；
你可以给孩子脑袋，但不能给他思想。

爱一个人好难，恨一个人好苦。

当你特别爱一个人的时候，你愿意给予他（她）一切，包括你的生命；
当你特别恨一个人的时候，你真想剥夺他（她）一切，包括他（她）的生命。

记住仇恨的人都过得不快乐

2013 年 9 月 25 日，沈阳刺死城管的小商贩夏俊峰被执行死刑。

读罢这则新闻和相关报道，我既感到法律的威严，也感到人性的悲哀。夏俊峰的儿子从小就有绘画天赋，近年的绘画作品编辑成册，夏俊峰儿子的妈妈张晶为画册作序，写道：“每个只记住仇恨的人都过得不快乐。”

张晶这句话难道不让我们深思？

简单的生日

今天是我的生日，一大早起来，就像小时候妈妈给我过生一样：两个荷包蛋，一碗面条。中午，妈妈还给我打来电话：“大娃儿，今天是你的生日，你莫工作忙就搞忘了哦。”

我说：“妈妈，我没有忘，我早上就把荷包蛋和面条吃了哦。”

妈妈说：“过去生活条件不好，现在生活好了，你就该一家人好好吃一顿饭了。”

我说：“妈妈，我从小就看到，凡是那些带得粗放的孩子，反而身体长得更结实，我就把自己当成那些带得粗放的孩子吧。”

妈妈说：“只要你过得健康幸福就好。”

这就是当妈妈的，总是惦记着自己的儿子。其实我们每个人生日，首先应该想到自己的妈妈。

8 月公休假，我和弟弟一家人，带着我们的双亲去昆明旅游。这个季节，我的家乡四川酷暑难熬，而云南则是蓝天白云，气候宜人。对四川而言，这里称得上是避暑的天堂。我们一行 8 人，先后游览了昆明的翠湖、莲花池等城市公园，观赏了大理风光，游玩了丽江古城，体验了所到之处的民俗风情。亲情融入在这湖光山色之中，既感受到亲情的浓烈，也感受到自然的美丽。我们的双亲年事已高，体弱多病，恐怕这样的出行不会很多了。

孝顺，孝顺，孝必有顺；

孝道，孝道，孝中有道。

有了姻缘，无须原因。

子女应当让父母享点福，因为他们与你们在一起的日子越来越少；

父母应当让子女吃点古，因为你们与他们往一起的日子越来越少。

（写在《中华人民共和国老年人权益保障法》实施之日）

过去，儿不嫌母丑，狗不嫌家贫；

现在，母不嫌儿丑，家不嫌狗脏。

最知心的朋友，就是那种在节假日不发信息而打电话的人，或者发信息而不在最后署名字的那个人。

六六，我们的小狗狗

2013 年 2 月 20 日下午 15 时，我们家的六六卖给了宣汉一余姓主人。2 月 15 日（正月初六），女儿从街上买回来，我给它取名叫六六。女儿马上就要上学了，我和老婆天天上班，家中确实无人照料六六，忍痛割爱，只有卖掉。女儿买六六的时候，可能根本没想到这么快就要卖掉六六。六六远去了，从此，我们开门时，没了六六热情的迎接；我们吃饭时，没了六六凝神的注视；我们起床时，没了六六欢快的跟随我们休闲时，没了六六调皮的嬉戏，总之，我们家里没了六六的踪影。它那细细的白毛、乌黑的眼睛、清脆的叫声、柔软的脚掌，都成了我们永远的记忆。

六六，你仅仅是一只不会说话的小动物，但是你与我们的交流却不需要人世间的语言，六六，我们相处只有几天，但是，我们在情感上就像经历了一个世纪。

但愿六六健康快乐成长！这就是我们对六六的美好祝福，也是六六对我们最好的安慰。

今天下午 15 时，正是昨天六六卖给别人的时间，现在六六已经融入了我心中最柔软的部分，不敢回想，不敢触碰，成了我生命的禁区，成了我永远的记忆，一个不会说话的小动物，原来竟让我这样魂牵梦绕。

人的一生，消耗的是时间，积累的是财富，存盘的的是友情。

父爱没有末日

亲爱的女儿，玛雅预言 2012 年 12 月 21 日是世界的末日。这一天马上就要到来，如果真有这一天，我们无力改变。但是，我们可以约定：来世，你还是我的女儿。因为老爸对你的爱，永远没有末日。（写在 2012 年 12 月 20 日）

生活中，有的人确实很普通、很平凡，但是他那最朴实的美丽和善良足以感动你一生。

今天，我在北京开会结束。中午，我陪女儿在街上吃了午饭，由于太辣，我吃得很少，只要女儿吃得开心可口就好，吃了午饭我们在街上溜达，下午 3 点，女儿就要返回学校。分别的时候，女儿怕我思念，叫我不要想她，可能吗?

城里的秋雨

初秋的早晨，一阵响雷把我从睡梦中惊醒。静听雷声，忽而由近及远，忽而由远及近，来回在天空翻滚，接着下起了雨来，雨滴打在自家阳台的雨棚上面，给人一阵很局促的感觉，不像雨打芭蕉那样轻柔。儿时，每当此刻在被窝中听到屋后山林松涛阵阵，总觉凉风习习，一股清新的泥土气息扑面而来，有一种安然、酣畅、甜美的感觉。城市里的秋雨，总是缺少那种乡土气息。

今天，女儿上学了，我们送她到火车站，妈妈的难舍之情溢于言表。女儿从读初中开始，就与我们聚少离多，每年寒暑假到来，我们总是喜出望外；每年寒暑假结束，我们又是难分难舍。

孩子们，在这个世界上，不管你们做错了什么事情，能够宽容你们的，永远都是你们的妈妈。

昨晚观赏了郑绪岚全国巡回演唱会。《雁南飞》《牧羊曲》《太阳岛上》《多情的土地》《大海呀，故乡》等情歌，让我的时光倒流了 30 年。

父母子女，血肉相连，情同骨肉；兄弟姊妹，血脉相通，情同手足。

我们的年龄越来越老，我们的机会越来越小，我们的时光越来越少。因此，抓紧去爱你所爱吧。

我们一生就这么忍耐着、等待着。在忍耐中，雨过天晴了，握手言欢了；在等待中，有的人老了，有的人走了。

按照世俗的眼光，不管我们的孩子是否成才，我们都要爱我们的孩子。因为我们的孩子就是我们的灵魂和生命，所以，爱孩子就是爱我们的生命、爱我们的未来、爱我们自己。而且我们的孩子也会感受到这种爱、也会学习这种爱、也会延续这种爱。

有的男人爱情三部曲：随心所欲（渴望）——欲而不得（寂寞）——得陇望蜀（厌倦）。

现代女人，对孩子的成才很开心，对丈夫的成功很担心。

用谎言验证谎言，最后得到的肯定是谎言；
用爱情考验爱情，最后得到的不一定都是爱情。

喝得太浓烈，会醉人；
吃得太浓烈，会生病；
想得太浓烈，会失望；
爱得太浓烈，会降温。

现在，有些男人被荷尔蒙折磨；有些女人被 DNA 折磨。

男人喜欢挂在嘴边的一句话：升官、发财、死老婆；
女人喜欢藏在心里的一句话：有权、有势、不离婚。

在现代社会，真情也属于宝贵稀缺资源。

以势交友，势倾则绝；
以利交友，利尽则散；
以情交友，情真则久。

惜缘，并不是对结果的期待，而是对过程的珍惜。

家乡的月光

小时候，乡下的月光总是那么美，美得醉人，美得让人遐想。特别是夏天，吃过晚饭，家家户户，大人小孩都要拖出自家的凉席，在院坝中央一字排开，一家老小就躺在上面谈天纳凉，慢慢地，明亮而柔和、淡雅而清香的月光从草树、屋檐、山脊倾泻下来，人们沉浸在银色的月光里，好一幅美丽的月光图。

月到中天，屋前池塘蛙声一片，临近村子狗吠传来，清风过处，屋后山林松涛阵阵，我们告别月光，带着倦意，进屋睡觉。

如果你不知道什么是爱心，那就想想你的妈妈；
如果你不懂得什么是理解，那就想想我们自己。

什么是情？情就是泪，有时挂在脸上，有时沉在心底。有时是酸的，有时是热的。

写给巴中女孩

你，一位 18 岁的巴中女孩！含泪走进高考考场。

6 月 7 日是高考的第一天，你与其他考生一道，踌躇满志地走进高考考场。同日上午 11 时许，你的爸爸妈妈专程从乡下赶来巴中看望参加高考的你。下午 5 时许，你的父母在返家途中因车祸不幸双双身亡。你闻讯，悲痛欲绝，跑到车祸现场，但尸体已被抬走。你又迅速跑到医院，哭喊着要爸爸妈妈。当晚 7 时许，殡仪馆的工作人员打来电话告诉你：爸爸妈妈已不在人世了。你一下子瘫倒在地，哭喊着“我要去死啊，爸爸妈妈是为了看我才出的车祸”。接近崩溃的你要放弃第二天的高考。老师、同学、亲友组成一支近百人的“爱心团队”，安慰、劝说，大家陪着你流了一晚上的泪。最终你才答应参加第二天高考。

6 月 8 日上午 8 时 20 分，你没有吃一点东西，在亲友的搀扶下，跌跌撞撞地走进考场。时间一分一秒地过去，意外没有发生。你的班主任老师不无感叹地说：“这孩子太坚强了，我两次以巡考员的身份走到她的身边，看到她虽然眼含热泪，但一直在专心地答题。”下午 5 时许，你终于顺利走出了考场。此时，从 6 月 7 日 7 时你得知父母双亡至 6 月 8 日下午 5 时你顺利参加完高考，整整 22 小时。

我在看这篇报道的过程中，几次眼睛湿润，喉咙哽咽。当你刚听到父母车祸这个消息，我想你的第一反应肯定是脑子一片空白，一瞬间，爱的大厦轰然坍塌，命运之舟风雨飘摇。人间亲情，为何非要通过这种生离死别的方式演绎得如此的决绝。你的爸爸妈妈就这么匆匆地走了，走得这么干脆，也走得这么匆忙。以至于来不及最后一次温暖的拥抱和端详你那美丽的脸庞。也许到天堂的路真的不寂寞，祝你爸爸妈妈在去天堂的路上一路走好。孩子，我悲伤着你的悲伤！

其乐融融的四口之家，一下变成姐弟二人相依为命。再过几天就是端午节了，每逢佳节倍思亲，当你看到别的孩子全家团聚，回忆爸爸妈妈给你的恩爱，回忆你们和爸爸妈妈在一起的甜蜜时光，你们可能以泪洗面。孩子，你们以后的路还很长很长，爸爸妈妈不是很关注你的考试吗？只要你们姐弟二人有所作为，健康成长，这就是你以最好的方式给爸爸妈妈的犒赏！祝你们在人生的道路上走向辉煌。孩子，我坚强着你的坚强！

母爱·九月香

10 月，我利用公休假回了趟老家。

听到我要回家的消息，母亲早就等候在马路边，刚一下车，才寒暄了几句，母亲说：“你回来得正是时候，松林坡的九月香长得正旺，你小的时候特别喜欢吃，我马上就去采。”话音刚落，母亲就进屋换了双雨靴，找了一个很大的袋子，拄着拐杖到山坡上捡九月香去了。

我和乡亲们聊了近一个小时的龙门阵，母亲没有回来，我担心起母亲来了，因为母亲身带残疾，行走不便。我走到马路上，给母亲打了个电话，她说马上就回来，叫我不要去了。又过了约一刻钟，母亲还没有回来，我又打了个电话，她说马上就到了，说完就挂了电话。我眼睛一直注视母亲去的方向，隐约看见母亲提着一大袋野菌，吃力地走过来了，走到跟前，打开塑料袋，里面全是新鲜的九月香野菌。那是母亲知道儿子喜欢吃，不辞辛劳去采回的九月香，那是城里人难以见到也难以买到的九月香。袋子里一朵朵鲜嫩的九月香，就是一朵朵慈母的爱心。

看着母亲花白的头发、满脸的沧桑、手中的拐杖、不便的腿脚，我心中酸酸的。我没陪着、扶着母亲去采集，内心自责，悔愧难当，无私的母爱，总是难以报偿。

明年回来，我一定要亲自陪着母亲去采集九月香。

总有一个期待

这是女儿 2011 年高考的作文题目，也是我们一直的期待。

总有一个期待，我们期待你有一副健康的身体。你小时候一生病就爱发高烧，而且时间多是在晚上，每当这时我们就心痛难忍，于是用温水给你擦身子降体温，整夜不能合眼，天刚朦朦亮，我们就把你背到文家梁那个汪婆婆诊所，打针拿药，妈妈嘴里总是不停地祈祷："幺儿，不要变狗狗哦。"

总有一个期待，我们期待你有一个兴趣爱好。我们把你送去参加绘画班，那里是小朋友的乐园。每当看到你的小手在画板上勾勒小鸟、森林和太阳，好像就在放飞我们的梦想。我们也送你去学习电子琴，音乐老师住在 12 楼，没有电梯，但是再高的楼层都高不出妈妈心中的希望。炎热的 7 月，我们背着电子琴陪你去考级，你心里万分的紧张和外表强装的镇静，我们都感同身受，我们总是在考室外面等待着、期盼着、祈祷着。

总有一个期待，我们期待你能上一个好的中学。临近中考，又是那炎热的夏天，我们为了让你中午能够好好休息，便在考区附近租了一套朋友的房子。每天中午和晚上，外婆给你煮了你喜欢吃的饭菜，熬了你喜欢喝的煨汤，妈妈总是睡在你身边，给你打着扇子，陪伴着你快快进入梦乡。你终于考进成都外国语学校，那里真是一个很好的学习环境。我们几乎每周周末都要从达州赶车过来看你。有时骄阳似火，有时倾盆大雨，这些都不要紧。每当看到你因为学习压力而身心疲惫的样子，我们心里总像刀子在割一样，分别的时候，妈妈总是目送你很远很远。我们返回时，停车场一大坝车子陷在那里，进退两难，车子在挣扎，我们的心也在挣扎着。但是，心里仍然充满期待。

总有一个期待，我们期待你有一个好的转折。你进入大学，应该渐渐学会独立思考问题、自主安排生活、理智处理事情。人活着的意义不外乎两样：一是让自己变得优秀，二是让自己过得幸福。一个人也许不能成功，但是应该努力让自己变得优秀。我们希望你成为一个富有同情心的孩子，这是你心地善良的必备品质；我们希望你成为一个勤学善思的孩子，这是你精神丰富的必备品质；我们希望你成为一个懂得感恩的孩子，这是你心灵高贵的必备品质。

外界的很多东西，也许我们无法改变，那我们就好好改造自己吧！过去的都已经过去，未来的我们要好好把握，认真地活在当下，好好规划自己的学习，努力争取参加一些社会实践，多为同学特别是困难弱势的同学做点好事，不断学习和积累、不断思考和反省、不断实践和总结，你就会成为一个善良的人、丰富的人、高贵的人、快乐的人。

女儿，在你人生道路上，爸爸妈妈能够陪你的，也就那么短暂一程，许多问题，最终都要靠你自己去解决。只要你尽了心、努了力、流了汗，即使失败了，在爸妈这里领到的总是奖品！

保重身体！

爸爸、妈妈
2011 年中秋节

亲人五日游

2011 年 8 月下旬，我带领父母、岳父母、弟岳母、弟弟、弟媳和侄女到北京 5 日游。

早在一年以前，我就和老婆商议，等你高考结束，带我们的父母出去走一走。父母年事已高，一辈子抚养我们和帮我们带女儿很辛苦，他们足不出户，带他们出去走一走，看一看很有必要。

他们来自农村，去看名山大川意义不大，根据他们的年龄和他们的经历，去看看北京和天安门倒是最适合他们，征求几个老人家的意见，他们也都乐意。想法终于付诸行动，我显得特别开心。

我们一行从重庆乘飞机到北京。在赶往重庆的路上，他们的心情都很好，一路上他们都没合眼，我母亲平常晕车，这天都轻松了许多。到了重庆机场，他们简直是喜出望外，活了六七十岁，第一次坐飞机，哪有不兴奋的？我也急切盼望时间过得快一点，巴不得飞机马上起飞，遗憾的是飞机晚点，我们到首都机场已是晚上九点多，接机导游把我们带到北京东郊的温情雨霖酒店住下，酒店的设施不好，但是相比我们那兴奋的心情，这些都算不了什么。

第二天早上五点，我们就起床了，吃了早餐，就前往天安门，瞻仰了毛主席遗容，参观了故宫博物馆，下午去看了什刹海。午餐很差，晚上我们自己安排了晚餐，买了一瓶二锅头，几个老年人吃得都很尽兴。太疲倦了，晚饭后我们早早入睡。

第三天早上，我们也是五点半就起床了，大家匆匆吃了早餐就前往颐和园，我们乘船游览清朝皇家水道，一路观赏两岸的风景，低矮的平房，晨练的老人，低垂的杨柳，清新的空气，好不怡人。颐和园比我想象的还大，苍松翠柏，湖光山色，亭台楼阁，游人如织。那些封建帝王将相哪里想到曾经的私家园林，今天却变成人们自由出入的旅游胜地。晚上由旅行团安排晚餐，我们吃了就回到宾馆休息。

第四天，我们一早起来，在车上，每人发了一个面包和一瓶矿泉水，就当我们的早餐。今天我们去八达岭长城，进入延庆县，这一段长城属明代修建，我曾经去爬过，游人太多，爬行艰难，老年人望而却步，就在入口处让他们仰望一番，也算是满足老人的心愿。再说长城的历史文化太厚重，他们也未必能完全读懂。既然读不懂，就让它静静地躺在那里吧！

第五天，我们返回重庆。

再见了，北京！再见了，长城！再见了，这次旅行！

奢侈的乡愁

年关将近，街上的人们行色匆匆；路上的汽车拥堵不堪。它们都流向一个地方——车站。人群中有拖着旅行包的，也有拎着蛇皮口袋的，还有一些拖家带口的，有的眼神充满了无奈迷茫更多的是满怀回家的喜悦。我想，每到春运的时候，在月球上，不一定能看到中国的长城，但是一定能够看到中国人山人海的春运潮流。

我生在巴中，工作在达州，对于达州来说，我应该是外地人了。在这个城市，还有和我一样的许多外地人，我们尽管在这个城市生活了几十年，但是我们总是渴望一年一度的春节回到老家。我一直在想：我们在城里安了家，为什么心还不在这里？是我们不能融入这个城市？还是这个城市不能接纳我们？

后来，我终于想明白了，原来，城市只是很多人无奈闯入的异乡，我们的根还在土生土长的乡下。在城市，巨大的压力让我们过得压抑，仿佛只有回到乡下，回到老家，那根绷得很紧的神经才得以松弛，那颗压得很重的心灵才如释重负。

“乡愁”是一种美丽的忧愁，也是一种奢侈的忧伤，不是人人都能够品味。余光中一定也是在多年望乡的思念中才能写出不朽诗句。如果他年年归家，年年在这样的春运潮中拥挤，肯定写不出这样的诗句。

有心的地方才是家。望着窗外，州河上暮色渐起，脑海里浮现出美丽巴河源头，巍巍的龙顶山下，那栋青瓦斜顶的土墙房，那条杂草丛生的石板路，那股冬暖夏凉的山泉水……我多想将它们逐一亲吻。

岳母其人

我的岳母是一位典型的农村妇女，没有多少文化，可是很懂得人情世故。

给我印象最深的是她具有先人后己的牺牲精神。每当家里来了客人，端茶送水，嘘寒问暖，待人接物，忙个不停。她在厨房里煮饭、弄菜、炖汤，恨不得把家里最好吃的东西全部拿出来让客人吃得饱饱的……好像这些就是她生活的全部内容。只要看到儿孙满堂，其乐融融，她就喜上眉梢，乐此不疲。忙里忙外，跑上跑下，饭菜终于弄好了，大家蜂拥而至，尽拈自己喜欢的东西，吃得好不热闹。可是她没有上桌子和大家一起吃饭，还在那里进进出出，又是给人添饭，又是劝人吃好。一顿美餐，对她来说，好像只有努力做好的义务，没有食用的权利。每当这时候，有多少人在关注她没有上桌子？有多少人在关注她长满老茧的双手？有多少人在关注她那苍老的面容？

风雨沧桑、日夜操劳、积劳成疾、年事已高，这就是岳母的终生写照；牵肠挂肚、任劳任怨、呕心沥血、从不言累，这就是母爱的最好注脚。

岳母，我心中一位东方的传统母亲，也是一位伟大的母亲。

寒假结束，今天下午女儿上学。2 ∶ 30 分从家里出发，4 ∶ 30 分飞机起飞，晚上 20 ∶ 30 分我回到家里。女儿留在家里的只是一幕幕影子，我看不见、抓不住，只是无尽的留恋和想象。真是自古多情伤离别。

父亲的小棉袄

“你小时候，我不敢抱你，怕胡茬弄疼你”；

“你长大了，只愿和妈妈交心，我只能在一边呵护你”；

“你成年了，我天天盼着你的电话，只为换一份舒心”；

“弹指间，你就要和身边这个小子走了，我还没来得及说一句爱你，只希望他会比我更疼你，女儿，我只想让你知道，我依然会用余下的人生去守护你”……

这是一位父亲在女儿婚礼上的深情告白。女儿的婚礼，陪伴父亲 20 多年的小棉袄让人领走；父亲牵了女儿 20 多年的手慢慢放下；其乐融融的三口之家就要变成相依为命的老两口。父亲能不动容?

清明祭

清明去祭祖，
不怕风雨阻。
谆谆诫后生，
勿忘先辈苦。

雨霖铃·别友人

（好友，五十有三，事业有成，积劳成疾，英年早逝，送别所感）

名利心切。
疲于奔命，
不知停歇。
积到再多恨少，
古人云：知足常乐。
世事变化莫测，人死如灯灭。
追悼会，歌功颂德，亲朋知己齐哽咽。

人生百年难满百，
知命乐天心不迷惑。
不争莫人能争，
退一步，天空海阔。
活好当下，顺应自然身心愉悦。

即使有挫折逆境，
迈步从头越。

健康默想

哀莫大于心死；
累莫大于心累；
病莫大于心病。

卢梭说："节约与勤勉是人类的两个名医。"

节约好比内科医生，培养人的朴素心态；勤勉好比外科医生，锻炼人的强健体魄。

现代人的心理疾病，看似心理出了问题，实则脑子出了问题。

我们好像难得有一个健康的身体。在缺吃的年代，好多人患上水肿病；在有吃的年代，好多人又患上糖尿病。

癌症并非难治，得了癌症之后的沉沦与绝望才是真的难治；
癌症并非可怕，得了癌症之后的愤怒与恐惧才是真的可怕。

健康是走出来的；
疾病是吃出来的；
烦恼是比出来的；
谣言是捂出来的；
鬼神是想出来的。

想拥有健康，多走路吧！
想增长见识，多读书吧！
想获得智慧，多思考吧！
想愉悦身心，多旅游吧！
想丰富阅历，多实践吧！

"关我屁事！"不是一种人生哲学，而是一种精神疾病；
"关你屁事！"不是一种人生自信，而是一种心理障碍。

心不净，则睡不好；
心不静，也睡不香。

当今社会，很多穷人和富人的心理疾病都是相同的。

现代人的心理问题，有的靠医学解决，有的靠哲学解决。

管住嘴巴，远离身体病痛，远离人间是非。

当今的养生书籍多如牛毛，不管养生专家怎么聒噪，养生的自然性（顺应自然）、季节性（不违时令）、多样性（丰富多样）、运动性（运动适量）是必须遵循的。

喜欢养生的人多，但一直坚持锻炼的人不多；
喜欢学习的人多，但一直坚持读书的人不多；
喜欢想象的人多，但一直坚持思考的人不多。

勤则养身，恕则养心，善则养生。

人前莫言人是非，
凡事都要留三分，
谦卑处下乃大道，
淡泊知命即养生。

不进医院，不知生死；
不进监狱，不知祸福。

对待病痛，心态比治疗更重要。

今天我们拼命挣来一摞人民币，也许就是为自己将来准备的医药费；
今天我们坚持锻炼一副好身体，也许就是为自己将来准备的奢侈品。

家和万事兴；
人和百事顺；
心和身体安。

躺在病床上，我们一下子就变得虚静起来，此时，什么功名利禄都显得无足轻重，平常那些生活贫困但身体健康的人，反而让我们羡慕得很。

人生三淡：
饮食要淡，淡以养身；
名利要淡，淡以养心；
宠辱要淡，淡以养性。

心闲手懒，就去读书；
手闲心懒，就去运动；
心手都闲，就去写作；
心手都懒，就去禅坐。

古人以五行调养五脏，今人可以参考：
宠辱不惊，肝木自宁；
动静以敬，心火自定；
饮食有节，脾土不泄；
调息寡言，肺金自全；
怡神寡欲，肾水自足。

疾病来了，名利之心下降
死亡来了，悟道之念上升。

高枕无忧多有忧，居安思危少有危。

养生三分原则：
吃得不能太饱，留三分，多食伤胃；
说得不能太多，留三分，久说伤气；
做得不能太绝，留三分，太绝伤心。

《黄帝内经》告诉我们，养生的最高境界：天人合一、心物合一、阴阳合一。

如果你身患疾病，其实疾病远没你想象的那么严重；
如果你有生理缺陷，其实别人远没你想象的那么看重；
如果你怯懦羞涩，其实对你的行为举止，别人远没你想象的那么在乎。

现代人都知道健身和养生的重要。于是锻炼身体蔚然成风，节制饮食已成共识。可是作为一个身心健康的人，还有比这更重要的那就是你的情感和情绪，如果你的情感不能正常表达，情绪不能顺畅宣泄，最终会导致你的身心失衡，郁郁成疾，因此我们在养生的时候千万别忽视了养心。

养生的本质就是要顺应自然、懂得阴阳、保持平衡。

真正的大病不觉其痛，真正的大难不觉其苦。

诚然，疾病可以使人轻功利重人情。记住，这仅仅是暂时的。一旦大病初愈，他就会慢慢恢复追求功利的勃勃生机。

冬吃萝卜夏吃姜；
晚吃萝卜早吃姜；
上床萝卜下床姜。

周国平先生说：“健康是为了活得愉快，而不是为了活得长久。活得愉快在己，活得长久在天。”

可否这样说：“健康，既是为了活得愉快，也是为了活得长久。活得愉快在己，活得长久在天。”

疾病会让一个人更容易读懂真、善、美。

有人说：“锻炼的目的是为了健康，健康的目的是为了活得长久。”

有人说：“锻炼的目的是为了健康，健康的目的是为了活得快乐。”

身体要运动，内心要清静，整体要协调，寿命才长久。

身体里的垃圾要及时清除，身体才健康；

心灵上的垃圾要及时清除，心理才健康。

生病，刚开始的感觉，与经历一段时间以后的感觉肯定是不一样的。刚开始的时候，你可能觉得多么紧张、多么痛苦、多么难以接受。时间长了，你可能也就习惯了，慢慢接受了。那么，死亡呢？

欲望会让你跑起来；疾病会让你慢下来；死亡会让你停下来。

为人之诀，处事之法，养生之道，一脉相承。如果一个人为人诚实守信，处事正派公道，那么其人际关系比较和顺，心里是阳光的，身体是健康的，可能长寿；如果一个人为人虚伪狡猾，处事私心很重，那么其人际关系比较紧张，心里是阴暗的，身体是失调的，可能早逝。

一个人在身患重病的时候，一是能够真正体会到究竟什么对自己才是最重要的，二是能够真正体会到什么才是自己必须要做的。

住进医院，终于可以让一个人慢下来、清下来、静下来了。

住进医院，你要慢慢学会怎样对待疾病，对待疾病的态度往往也就是你对待人生的态度。

人一旦生病住进医院，躺在病床上，就有很多时间想象和回忆，回忆自己所经历的那些人和事。往往这时，你可能会把有的事情想得更清楚些、看得更明白些了。

饮食有节、起居有常、欲望有度、锻炼有恒，就是延年益寿的秘诀。

心静则神安，神安则精聚；
心浮则气躁，气躁则神散。

这是一个容易上火的时代，欲望越来越高，容易使人们心里上火；生活越来越好，容易使人们身体上火。

人体下不通则上痛，里不通则外痛。

人体上下相通。上面有火，根源在下面；外面有火，根源在里面。欲不灭，火难消。

干、热、红、肿、痛，上火之特点；
麻、辣、油、腻、甜，上火之食物；

悲、虑、忧、恐、惊，上火之根源。

欲“火”难填。一个人怕上火，不嗜烟酒，饮食清淡，最后身体还是出现干、热、红、肿、痛等上火症状，因为心头之火未灭，欲望之火未灭。

与其学帝王寻药炼丹求长生，不如学僧人清心寡欲重养生。

药，是一种可以治病的东西。但是没有任何一种药可以包医百病，药在治病的同时也可以致病，比如补肝的药却不利脾，补心的药却不利肾，青少年尤其不要滥用药物。

《黄帝内经》有喜伤心、怒伤肝、忧伤肺、思伤脾、恐伤肾。药方两剂：宁静 + 平和。

《黄帝内经》可以解决一些身体上的问题，
“黄老学说”可以解决一些心理上的问题。

心理问题比食物更容易让人上火，而心理之火比食物之火难以治疗。

人的烦恼来自欲望，人的欲望来自攀比，人的攀比来自社会生活的方方面面。一个僧人成天在寺庙盘腿打坐，诵经念佛，没有比较，心态也还平静。一个凡人身处红尘，功名利禄，时时环绕，只要自己与他人一对比，脑壳热了，心不平了，气不顺了，烦恼生了。

怎样放松自己：闭目深呼吸、安静听音乐、浮想自然美；
散步十分钟、参加一运动、洗个热水澡。

疾病，往往是心理对生理的刺激造成的。

与其说是时间医治了我们的创伤，不如说是时间让我们习惯了创伤。

大鱼大肉，熬更守夜，口舌生疮，大便结燥、小便赤黄，这就是上火。如果易上火，你就要忌嘴，你就要控欲。

上呼吸道感冒，连续吃了几天药都不见好转，心理就烦躁不安起来。妈妈说：“不要急躁，流感有个过程，慢慢会好的。”妈妈的话倒给了我一些启迪，就像我们所经历的很多事情，不要着急，着急也没有用。心情慢慢会好的、环境慢慢会好的、日子慢慢会好的……

顺其自然、顺从节令，一年四季，出产啥就吃啥，这也是养生。

身心相连，互为表里，心理出问题，生理有反映。

过度敏感就是庸人自扰和自寻烦恼。

自然养生

现在，养生的专家、书籍、讲座太多太多。听得多了，你就会觉得“养生说”自说自话，彼此矛盾，甚至让你无所适从。我以为养生的本质就是四个字——顺应自然：春暖花开踏踏青，烈日炎炎乘乘凉，秋高气爽养养阴，天寒地冻暖暖身。日出而作，日落而息，饿了就吃，困了就睡。这就是养生。

对于人类，自然界的赐予总是那么丰美，因此，春夏秋冬出产什么，我们就应该放心地吃什么。

人应当努力活得自然点、洒脱点。太压抑、太憋屈，对心理乃至对生理都是有害无益的。

你只要活得太严肃，就肯定活得很疲惫。

坏情绪最容易叠加，好情绪最容易衰减。

人是一个对称性的动物。从人体部位上看，人的上半身与下半身是对称的，如果上半身出了问题，下半身不可能安然无恙。从人生阶段来看，人的幼年期与老年期基本是对应的，婴儿的天真无邪与老年人慈祥可爱不是很相似吗？

影响睡眠的三大因素。一是环境因素；二是生理因素；三是心理因素。最关键的是心理因素。有人说："我什么都不想，只想快点入睡，结果还是辗转反侧，难以入睡。"真的什么都不想吗？"只想快点入睡"就是最大的心理障碍。为什么不能宁静地、自然地放松身体慢慢入睡呢？

一些私人诊所：病人基本是感冒、治疗基本是输液、用药基本是抗生素。

一个人患一种病的时候，往往觉得这是最恼火、最痛苦的疾病，一旦数病缠身，对病痛就产生麻木感，此时如果治好其中一种病，甚至会产生幸福感。

我们关爱身体，但是我们又不要太在意身体，太在意身体就像一个被娇惯的孩子，总是那么经不住风吹雨打。

一个人对疾病的态度也就是对自我的态度、对人生的态度。

生活中，我觉得大便是一个人最简单易测的健康指标。健康的人，大便形如香蕉、软如黄泥、解有规律。一旦异常，可能预示某种疾病将至。身体要健康，大便须通畅。要想身体不瘟不火，就要大便不稀不燥。

生病一月来，我的学习、生活变得散漫而杂乱。锻炼没有坚持，看书不求甚解，生活没有规律……光阴虚度，一无所获，其根源还是内心缺乏定力。

不进医院，不知道什么是健康；
不上病床，不知道什么是痛苦。

冲动急躁，既是健康养生之大忌，也是人际关系之大忌。每当你在冲动急躁的时候，心跳加速，血管紧绷，心平气和之后，常常觉得悔恨。

对疾病的过度思虑只会加重病情；对疾病的淡化心态也许会减轻病痛。

生病的时光，单调、乏味、快速。

好好休息！这几乎是所有医生对所有病人说的一句话。

对疾病的认识和治疗，很多时候，心情比药物更重要。

汉语拼音之父周有光的养生秘诀：保持悠然自适的心态，每天坚持做一些小运动（晃晃头、甩甩手、伸伸腰、弯弯腿），少则 2 分钟，多则 5 分钟。

很多精神疾病（抑郁、焦虑、强迫等）其本源就是严重违背自然，过分批评自责，怎样治疗？顺其自然！

学而不思则罔，思而不学则殆，思而过度则害（中医讲思虑过度则伤脾）。

哈维尔说："病人比健康人更懂得什么是健康。"不是说健康的人不懂得健康，而是身体没病的时候，容易忽略健康。病人就不一样，在医院里，在病床上，每天接触的都是医生、病人、死人、药物、手术等，脑子里只有两个关键词：健康，病痛。

养心更重要

说到养生，人们马上会想到合理的膳食、适度的锻炼、充足的睡眠。严格讲，养生 = 养身 + 养心。养身主要体现在肉体层面，靠食物、药物、锻炼等可以得到解决；养心主要体现在精神层面，需要靠知识、智慧、悟性等解决。养身、养心密切相关，共同构成一个健康的人生，两者相比，前者对后者影响较弱，后者对前者影响较大；身体患病带给人的是痛苦，心理患病带给人的是折磨。因此，养生的基础在养身，关键在养心，难点也在养心。

有研究显示：撒谎会使人心脏病几率倍增。因此，长期撒谎的人，其实已经是一个病人了。

人之得病，刚开始都是源于情志不畅所致的经络不通。要使给物通，做到以下三点：一是愉快的心情；二是完美的性爱；三是适度的锻炼（摘自曲黎敏著《生命沉思录》）。

良药易求，心病难医。心病的 10 大症状：

心思太重；

心事太多；
心胸太窄；
心肠太狠；
心火太旺；
心结太紧；
心境太坏；
心律太乱；
心跳太快；
心头太热。

现在的疾病：从本质上说是欲望惹的祸；从形式上说是嘴巴惹的祸；从外因上说是环境惹的祸。

中药讲究配方组合，关键是阴阳要平衡；
音乐讲究声调组合，关键是韵律要和谐。

头上流脓、脸上长痘、口舌生疮，从中医角度讲，这些都是上火的表现。我们总认为吃得太油腻、太麻辣容易上火，殊不知，惊恐焦虑、烦躁不安、思虑过度同样会引起人上火。

中国人很容易得病，物质匮乏时，人们得水肿病；物质丰富时，人们得糖尿病。

哀莫大于心死；
累莫大于心累；
病莫大于心病。

每日冥想图谱：蓝天白云—高山流水—绿树成荫—花香鸟语；
每日感恩图谱：父母之爱—爱人之爱—子女之爱—朋友之爱。

一年之计在于春，春种一粒粟，秋收万颗子；
一日之计在于晨，早晨一杯奶，整天有精神。

身体柔弱，抵抗力会下降，可能输掉的是健康；
心理柔弱，竞争力会下降，可能输掉的是人生。

你越恐惧，对象就越像上帝；
你越恐惧，自己就越像奴隶。

在我们身上，最狂躁散乱的莫过于我们的内心，要想禅定，不能强制苦求，只能轻松自然进入状态。就像失眠的人，越是强迫入睡，越是辗转难眠。

平时大家所说的负面情绪（比如焦虑、抑郁、烦躁、敏感、多疑等），从心理学角度讲，一个人一旦陷入负面情绪，往往会产生两种恶果，一是偏激性。时时、处处、事事都容易从负面角度看问题。二是累积性。负面情绪日积月累，如不及时调整，就会像雪球越滚越大，积重难返。

万恶淫为首，
百病心为因。

养生之道：自由简单，阴阳平衡；
为人之道：己所不欲，勿施于人；
处世之道：沉默是金，难得糊涂；
信念之道：世事无常，否极泰来。

现在的心理疾病患者为什么这么多呢？原来人们心中有太多太多的“放不下”和“舍不得”，如果真的放下了也就轻松了！如果真的舍得了也就快活了！

现代人的疾病是慢慢吃出来的；
现代人的健康是慢慢走出来的。

生命冥想

朝思富贵，夕思名利，盖棺时，什么可以带走？
昼想加官，夜想进爵，落幕时，哪个与之相伴？

残缺的完美

史铁生 1951 年出生于北京，1967 年毕业于清华大学附中，1969 年去延安插队，因双腿瘫痪于 1972 年回到北京，后患肾病并发展成为尿毒症，一直靠透析维持生命，2010 年 12 月 31 日，因突发脑溢血离开人世。史铁生在世 60 个年头，但大部分时间都在病床上度过，自嘲“职业是生病，业余在写作”。根据其生前遗愿，他的脊椎、大脑将捐给医学研究；他的肝脏将捐给需要的患者。

史铁生是中国著名小说家，散文家。著有长篇小说《务虚笔记》，短篇小说《命若琴弦》，散文《我与地坛》《秋天的怀念》等。他用残缺的身体，说出了最为健全而丰满的思想。他体验到的是生命的苦难，表达出来的却是存在的明朗和欢乐，他睿智的言辞，照亮的反而是我们日益幽暗的内心……

史铁生称得上是经历了绝境的人，绝境从来都是这样，要么把人彻底击垮，要么使人归于宁静。所以史铁生说：“人的残缺证明了神的完美。”史铁生之后，谈生是奢侈的，论死是矫情的。

年轻时，心比天高；
中年时，欲比海深；
暮年时，命比纸薄。

我们必须有一个强大的内心

1880 年 6 月，海伦·凯勒出生在美国阿拉巴马州北部的一个小镇上，生活了 19 个月之后，一场突如其来的疾病彻底改变了她的一生。从此以后，她成了一个又盲又聋的人，在黑暗而寂静的世界里度过了 80 多个春秋。她凭着超强的毅力，在老师的帮助下，完成了哈佛大学拉德克利夫学院的全部课程，成为世界上第一个获得文学学士学位的聋哑人，后来，又获得了哈佛大学的荣誉学位，成为历史上第一个获此殊荣的女性。

她虽然又盲又聋，但是她能读能写能说，并且还能熟练运用英、法、德、拉丁、希腊五国语言。她的作品影响了整个世界，美国《时代周刊》把她列为20世纪美国十大英雄偶像。马克·吐温说："整个十九世纪，最值得关注的人有两个，一个是拿破仑，一个是海伦·凯勒。"

褚时健，红塔集团原董事长，曾经是有名的"中国烟草大王"。1928年出生于一个农民家庭，参加过游击队，打成过右派，从过政，经过商。1994年被评为十大改革风云人物，他曾用18年时间把即将倒闭的云南红塔卷烟厂变成年纳税300多亿的超级企业，1995年，他被匿名举报贪污受贿，1999年，他被判处无期徒刑，2002年，75岁的他因患严重的糖尿病，被允许保外就医。

这位历经坎坷、风烛残年的老人居然做了一件让人意想不到的事情——与老伴一起承包荒山，开始种橙子。10年后他种植的"褚橙"通过电商开始大规模售卖，目前，之前的荒山已成为拥有30多万株橙子，固定资产8000万元，年利润3000万元的现代化农业示范基地。2014年，他荣获由人民网主办的第九届人民企业社会责任奖特别致敬人物奖。

从"烟王"到"橙王"，作为身陷囹圄之后还能在古稀之年东山再起的企业家，他跌宕的人生变成了一个励志符号。每个人在人生的道路上都可能遇到这样那样的困难和挫折，是从此倒下去？还是再次站起来？褚时健的故事让我们沉思。

我看过许多给人鼓舞，催人奋进的人物传记，都没有像这两个人一直萦绕在我的心头。一个是身患残疾书写了美丽的人生，一个是历经坎坷塑造了创业神话。其实，我们绝大多数人都比他们幸运，我们耳聪目明，身体健康；我们青春年少，平安自由，但是我们却难以成就他们那样壮丽的人生。每当我们高考落第、求职无门、工作不顺，生意亏本、爱情受挫的时候，有的堕落、有的沉沦、有的跳楼、有的轻生。与海伦·凯勒和褚时健相比，我们遇到的各种苦难又算得上什么呢？看来，人活着就需要一种精神，这种精神不是模仿可以获得，这种精神来自于一个强大的内心。

梦，与其说是暗示未来，不如说是再现过去。

人动，往往是物质性的；
人静，往往是精神性的。

人生，与其说我们在一点点获得，不如说我们在一点点失去。

人生，有所大学叫做苦难，每个人都必修，只是有的人毕业，有的人肄业。人生，有个意外叫做灾难，不是每个人都能承受，有的人在灾难中重生，有的人在灾难中绝望。

苦难比幸福更深刻；
失去比占有更深刻；
精神比物质更深刻；
失败比成功更深刻。

如果说活得洒脱主要在行动，那么活得超脱必定在灵魂。

用大自然的眼光看人生，你会发现自己是多么卑微和渺小。

如果你不能忍受孤独，你就难以找回自己。

时间让你感觉到人的短暂；
空间让你感觉到人的渺小。

人生应该有五大敬畏：自然、良知、法律、舆论、生命。

厌恶比喜欢更本质；
给予比获得更本质；
悲剧比喜剧更本质；
沉默比言说更本质；
死亡比生存更本质。

我们可以不相信这世界上有神仙，但是我们要相信这世界上有神圣。

耶稣说："上帝为你关了一扇门，必定为你打开一扇窗。"因此，这个世界上既没有绝对的白痴，也没有绝对的天才。

人生三毒："痴""怨""贪"。
因痴而迷，故少年戒之在色；
因怨而气，故中年戒之在斗；
因贪而欲，故老年戒之在得。

有一种生活叫悠闲，年轻时不要选择它，年老时不要放弃它。

面对老人莫嫌老，
终有一天我也老，
尊老爱幼是美德，
天若有情天亦老。

逆境的磨练

苏格拉底说："逆境是磨练人的最高学府。"逆境这所学校，没有现成教材，没有标准答案，只有苦难的经历，只有挫败的伤痛。如果没有一颗智慧的头脑，没有一个坚强的内心，是难以拿到毕业证的。

生命的基本元素

苏格拉底说："在这个世界上，除了阳光、空气、水和笑容，我们还需要什么？"

我们每天都忙忙碌碌追求权力、财富、地位、名声……以为这些东西构成了我们生命的全部。阳光、空气、水就在我们身边，无时不有，无处不在，普通得让我们常常忽略了它们的存在。其实，这些才是我们赖以生存的基本元素，对生命而言，阳光、空气、水和笑容远比权力、财富、地位、名声重要。

西塞罗说："没有诚实，何来尊严？"

一个笑里藏刀、口是心非、阳奉阴违、人面兽心、背信弃义、弄虚作假的人，你会尊敬他吗？

孟德斯鸠说："衡量一个人的真正品格，是看他在知道没有人发觉的时候做些什么。"

当一个人在独处的时候，在无人监督的时候，有一种人可能最真实、最自由、也最可怕，可怕就在放纵自己，为所欲为；有一种人可能最真实、最自由、也最可敬，可敬就在克制自己，有所不为。

骄傲让人失败；

嫉妒让人发疯；

贪欲让人毁灭。

柏拉图说："不知自己无知，乃是双倍无知"，"承认错误，则错已改一半"。

自知之明，难能可贵，知错就改，善莫大焉。能够做好这两点，我们就会成为一个智慧且受人尊敬的人。

因为思考，生命有了意义，所以思考决定了生命的深度；
因为时间，生命有了结局，所以时间决定了生命的长度。

若说人生有意义，
人生意义是什么？
若说人生无意义，
我们为何还想活？

人生观决定你对荣辱、生死的看法；
价值观决定你对成败、得失的心态。

男欢女爱是生理的快乐；
传宗接代是生命的快乐。

社会冷漠的祭品

2011年10月13日下午5时30分许，一出惨剧发生在佛山南海黄岐广佛五金城：年仅2岁的女童小悦悦走在巷子里，被一辆面包车2次碾压，几分钟后又被一小型货柜车碾过。7分钟内在女童身边经过的18个路人，竟然视而不见，漠然而去。最后，一位捡垃圾的阿姨陈贤妹上前施以援手，把小悦悦抱到路边并找到她的妈妈，立即送往广州军区陆军总医院重症监护室，脑干反射消失，已接近脑死亡。最后，小悦悦经医院全力抢救无效，于2011年10月21日零时32分死亡。

契诃夫说："冷漠无情，就是灵魂的瘫痪，就是过早死亡。"小悦悦是社会冷漠的祭品，18个路人是社会冷漠的标本。小悦悦的惨死拷问着我们每个人的良知和人性。在今天，当人们做一件善事之前必须考虑成本；当人们为扶起一个摔倒的路人必须考虑风险；当人们遇到一个伤者见死不救；当人们遇到一个死者扬长而去；这究竟是法律的缺陷？还是道德的沉沦？这究竟是人性的冷漠？还是良知的泯灭？谴责也好，呼唤也好，反思也好，最终目的就是让悲剧不再发生。

年轻人渴望浪漫的爱情；
中年人渴望稳定的婚姻；
老年人渴望温暖的伴侣。

死亡，无论何时降临，人们都觉得太早；
钱财，无论拥有多少，人们都觉得太少。

珍爱生命·善待自己

别人对我们说："珍爱生命，善待自己。"这两句话听起来既温暖又朴实。扪心自问：我们做得好吗？我们整天忙忙碌碌为日常事务所缠绕，有多少时间坐下来扣问自己的生命？有多少时间静下来倾听自己的心灵？如果我们不能把自己生命与心灵最需要的东西想明白，那么，"珍爱生命，善待自己"就永远只是一句祝福语。

说人生苦海无边，都还想活；
说天堂美丽无比，都不想去；
说金钱罪恶之源，都不嫌多；
说美女红颜祸水，都很想要。

该快乐的年龄，不要选择忧郁；
该奋斗的年龄，不要选择舒适；
该悠闲的年龄，不要选择匆忙。

人生如烟，有时缥缈，有时迷糊；
人生如酒，有时醇香，有时苦涩；
人生如茶，有时浓郁，有时清淡；
人生如戏，有时欢颜，有时愁容；
人生如梦，有时清晰，有时虚幻；
人生如棋，有时前行，有时退步。

人生的 6 个问号
①对自己：究竟是个什么人？应该成为什么人？
②对事情：应该做什么事？能够做什么事？
③对欲求：应该要什么？能够要什么？

人生追求，对于自己能够把握的东西，要顺其自然；对于自己不能把握的东西，要尽力而为。前者体现洒脱，后者体现执着。

获得成功的愿望，人都一样；对待失败的态度，人不一样。

读懂自然，我们只是拥有了知识；
读懂人性，我们才算拥有了智慧。

人的自制、克制、约束就像汽车的刹车系统，我们要想在人生道路上行走得安全，必须时刻注意刹车。

人生最重要的事情是什么？问一千个人可能会有一千个答案。这个问题永远没有标准答案，只有更合理的答案。

不看透生死，怎知亲情珍贵？
不看透名利，怎知自由宝贵？

在无穷的宇宙面前，人生的一切成败得失都微不足道；
在无限的流光面前，人生的一切恩怨情仇都过眼云烟。

关于死亡

死亡，对于每个人来说，是一个不想面对，又不得不面对的问题。它既有确定性又有不确定性，确定性表现在：每个人都知道自己的生命终有一天会结束；不确定性表现在：每个人都不知道自己的生命究竟在哪一天会结束。终有一天会结束生命，让人追问人生的意义；不知道究竟会在哪一天结束生命，让人安心活在当下。

总是意料之外，而又在情理之中，这就是人生。

认识自己

对自己的认知，一定要弄清两个问题，即：我是什么人？我想要什么？弄清前者就知道了人的局限性，弄清后者就知道了欲的无限性。因为人的局限性决定了我们只有尽力去干好最适合自己的事情，而绝大多数事情是我们干不了的；因为欲的无限性决定了我们只有努力去获得自己最需要的东西，而绝大多数东西是我们不需要的。

少年是问世，要勇于探索；
青年是入世，要积极进取；
老年是出世，要豁达洒脱。

年少时，我们总是以别人的眼光来判断自己；成年后，我们应该用自己的内心来判断自己。因此，年轻时，我们活在别人眼里；成年后，我们应该活在自己心里。

人生：首先承认不完美，然后力求变得很完美，最后还得接受不完美；

生活：首先发现很平凡，然后力求变得不平凡，最后还得接受很平凡。

在这个喧嚣、浮躁、功利的时代，人们充满了欲望、焦虑、争夺。我们能听听自己内心的呼唤、灵魂的渴望、生命的声音吗？

感谢父母给了我们偶然的生命。认真想想，我们每个人来到这个世界是多么偶然的一件事情，偶然得那么幸运、偶然得那么神奇、偶然得那么唯一。

一个人最先衰老的不是头发、牙齿与容貌，而是激情、惊奇与闯劲。

两手空空

人们赤条条来到这个世界的时候，两手空空，什么也没有。一天天长大，人们开始拼命地做着“加法”，日积月累，欲望膨胀，有的人甚至心灵扭曲，想得到和拥有的东西越来越多，没有得到的痛苦和担心失去的痛苦双重折磨，烦躁不安，夜不能眠，身心疲惫。可否想过我们最后仍然两手空空。

玄奘在即将圆寂的时候说：“大家结局都是一样的两手空空，你们有失去的痛苦，而我没有。”玄奘心中原本一片空无，不存在失去什么，我们心中的东西太多太多，权力、地位、财富、名誉……怎会没有失去的痛苦？

我们手中始终掌握了一半命运

谋事在人，成事在天。可见一个人成功，一半在人，一半在天。所以，当我们得意的时候，别忘了还有一半命运掌握在老天那里；

当我们失意的时候，要记得还有一半命运掌握在自己手中。

大自然的一朵小花、一片树叶的生命历程：发芽、生长、凋落、腐烂、再生。人的生命是否也要经历这样的轮回？

人在旅途中，
南北又西东，
如不经风雨，
何以见彩虹？

孔子说："少年戒色，壮年戒斗，老年戒得。"我的理解：
饮食男女，
人之大欲，
飞蛾扑火，
咎由自取。
（少年之戒色）

互不相让，
两败俱伤，
礼让三分，
安然无恙。
（壮年之戒斗）

知命乐天，
随遇而安，
心若宁静，
赛过神仙。
（老年之戒得）

岁月检验人心；

利害验证人性。

人生无常，
祸福相当，
看透生死，
江湖相忘。

只要还能活着，为何不能坚强？

有三样东西对人最公平：时间、机会、死亡。

识人需要慧眼；
识己需要慧心。

读懂人生就是让你懂得什么叫不完美。

人的生、老、病、死，就像大自然的春、夏、秋、冬。

当今时代，不仅刀可以杀人，癌症可以杀人，而且数字也可以杀人，商人可以为金钱数字的下跌而跳楼，官员可以为金钱数字的上升而判死。

人生需要历练；
意志需要磨练；
品行需要修炼；

经验需要提炼；
身体需要锻炼；
心灵需要锤炼。

人在世上走，
时光匆匆溜，
人生有穷期，
知命则无忧。

年轻人的眼光应该看得远一些，尽力而为；
中年人的眼光应该看得透一些，顺势而为；
老年人的眼光应该看得淡一些，有所不为。

总有那么一天，但又不知究竟是哪一天，曾经属于我们的一切都将彻底失去。如果我们把这个想明白了，那还有什么看不透、放不下的呢？

人生就像在高速路上行车，匆忙就是超速，贪欲就是超载。

人在少年是破折号，人到中年是问号，人到老年是感叹号。

王小波说："一个人活在世上就是为了忍受一切摧残，想通了这点，对什么事都能泰然处之。"如果说一个人总认为自己不够坚强，那么就请记住王小波这句话。

外在的我与内在的我最接近的时候，往往是我们的心真正静下来的时候。

真正的内心强大来自内心的宁静。

人呱呱坠地时，手总是握得紧紧的，抓住了什么？
人奄奄一息时，手总是伸得开开的，失去了什么？

我们每天再忙，都要给自己留一点时间和空间来看看自己的内心。

只有实实在在感悟生活，才有实实在在的人生感悟。

人生苦短，命运无常；
爱你所爱，立说立行；
恨你所恨，三思而行。

人生一世，始终有一条主线贯穿我们一生，那就是我们如何安顿好自己的心。人，最难安顿的就是自己的这颗心。心不安，怎能静？心不静，怎能空？心不空，怎能容？心不容，怎能平？心不平，怎能安？

不经风雨，看不见彩虹；
不经世事，看不懂人情；
不经灾难，看不透生死。

中年是个很特别的年龄阶段。人到中年，好像与幼年和老年都保持了一个距离。因为不再年轻，我们已缺少了那份可爱的天真；因为尚未年老，我们还没有那份厚重的慈祥。

人若死后到天堂，
为何人人怕死亡？
有生之年好好活，
谁知死后啥模样？

人生就像在高速公路上行车，经历了直路、转弯、上坡、下坡等路段，还没来得及好好欣赏沿途的风景，就到了终点。

少年，追求理想；

中年，面对现实；
老年，感叹命运。

生活靠心情；生存靠心态。

人一生究竟最需要什么？这个问题不知困惑着多少人。

《相约星期二》主人公莫里说："在死这个问题上，别走得太快，但也别拖得太久。"但是，有谁能够把握自己死亡的速度和节奏？

功名利禄，看轻即浮云；
贪嗔痴欲，放下即解脱；
烦恼忧伤，想开即晴天；
酸甜苦辣，尝尽即人生。

——人：生于忧患，死于安乐；
爱：始于激情，终于平淡。

当父母和我们都相继离开人世，我们到哪里去寻找我们生前的父母呢？我们的父母又到哪里去寻找他们生前的孩子呢？如果彼此都能找到，有谁能够证明？如果彼此都找不到，又有谁能够证明？这么看来，父母和我们在这个世界上就像一次偶然的而短暂的旅游。

法律要求人人平等；
死亡让人真正平等。

当你一个人独处的时候，
如果只想和自己说话，这就是深刻；

如果很想和别人说话，这就是寂寞；
如果不想和任何人说话，这就是孤独。

人的一生：
东南西北自己闯；
酸甜苦辣自己尝；
生老病死自己扛。

每个人都相信自己不可能不死，但没有一个人相信明天就会死。

如果我们不能原谅别人，那么我们就可能抱憾终生；
如果我们不能原谅自己，那么我们就可能死不瞑目。

人生的许多重大问题与疑惑问题，死神可以帮你解开。

当死神敲门时，一个人对以下问题的认识可能要比一般人深刻得多：
①生不带来，死不带去；
②金钱和物质并不能代替爱、善良和亲情；
③权利、地位、名誉、财富并不是人最需要的东西。

如果你不愿接受衰老，那么你就不会幸福，因为你在竭力否定人终会老的自然规律。

如果你不敢面对死亡，那么你就倍感痛苦，因为你在竭力否定人终会死的客观事实。

倒霉与走运，
就像形和影，
两者不分离，

伴随人一生。

人生百年古来少，
前除幼年后除老，
中间光阴也不多，
还有痴迷和烦恼。

珍惜生命中的每一次旅行吧！虽然世界很小，但是，有许多山山水水可能都是你生命中的最后一次相遇。

大彻大悟，看透生死关；
执迷不悟，难过名利关。

人为财富死，
鸟为食物亡。
人鸟本有别，
下场都一样。
可叹复可悲，
贪欲把人葬。

我们的生命必须有些空白，对此，我们不能迷糊；
我们的人生必然有些缺陷，对此，我们不能遗憾。

百年人为千年奔，
至今百年有几人？
闲云青山依旧在，
郊野荒坟寒鸦声。

朝思富贵，夕思名利，盖棺时，什么可以带走？
昼想加官，夜想进爵，落幕时，哪个与之相伴？

看透了名利关，未必能看透生死观；看透了生死观，则一定能看透名利关。

在这个世界上，人，本应赤条条来，赤条条走。可是有的人走得无牵无挂，因为他本来就一无所有；有的人却走得难分难舍，因为他无所不有。

三十而立（勤也）；四十而不惑（智也）；五十而知天命、六十而耳顺（悟也）；七十而从心所欲不逾矩（道也）。

死，也许不难，作出死的决定，也许才是最困难的；
死，也许不怕，知道死亡时间，也许才是最可怕的。

有些事情，其实对你并不重要，你却为此付出了一生的代价；
有些东西，其实对你并非必要，你却为此付出了一生的追求。

人生就是在无尽的等待中度过，等待希望、等待失望、等待死亡。

孤独，往往在人群聚集处；
宁静，往往在热闹喧嚣处。

每天就像我们一生的缩影。早晨就像我们的婴孩时期，充满了勃勃生机；白昼就像我们的青壮年，什么都是那样欣欣向荣；夜晚就像我们的暮年，慢慢进入收敛状态。

不到医院，不知健康可贵；
不到监狱，不知自由可贵；
不到墓地，不知生命可贵；

不到远方，不知亲情可贵。

中国的老年人既喜欢扎堆，又喜欢热闹，高分贝的广场舞就是最好的见证。西方的老年人喜欢宁静，公园的长椅和教堂的烛光也是最好的见证。究竟是害怕孤独？还是东西方的文化差异？

英国浪漫主义诗人拜伦说：“男人是奇怪的东西，而更奇怪的是女人。”

我们可否这样说：“肉体是奇怪的东西，而更奇怪的是灵魂。”

生死·无知·懂得

孔子说：“未知生，焉知死？”
海德格尔说：“未知死，焉知生？”
王朔说：“无知者无畏！”
张爱玲说：“因为懂得，所以慈悲。”

生命向前多走一步，就是死亡；死亡向后退回一步，就是复活。

死亡最公正，每个人最终都要死；死亡又最不公平，每个人都不可能同时死。

死亡是件很热闹的事情。在你死之前，有多少生灵已经死去了，你要去与他们为舞；在你死之后，还有多少生灵将接踵而来，他们会来与你为伴。

生是偶然的，死是必然的；
生是相对的，死是绝对的；
生是变化的，死是永恒的。

美梦中所有的获得，梦醒之后，空空如也；人生中的一切拥有，人死之后，两手空空。梦如人生？人生如梦？

人的出生入死：茫茫宇宙、朗朗乾坤、呱呱坠地、慢慢成长、赫赫有功、碌碌无为、恋恋不舍、九九归一。

大体上讲，小孩子在感情上对父母的依赖性较强，主要因为缺乏安全感；老年人在感情上对孩子依赖性较弱，主要因为有了归宿感。

人步入老年之后，适当多一点时间独处，多一点宗教体验，也许有助于从容、平静地安度晚年。

人人都知道爱惜自己的生命，可是并非人人都知道珍惜他人的时间。

谁说我们的未来是不确定的？人，都要死，难道这个事实不是确定的吗？谁说我们的未来是确定的？人，什么时候死，难道这个事实是确定的吗？面对死亡，因为不确定，我们对生命心存几分侥幸；面对死亡，因为确定，我们对生命心存几分敬畏。

有两种人更难从容面对死亡：一种是功名利禄之徒，因为他们习惯于获得和拥有；另一种是贪污腐败者，因为他们习惯于摄取和占有。有两种人不难从容面对死亡：一种是宗教信仰之徒，因为他们信奉上帝、真主和天国；另一种是进入天地境界的人，因为他们追崇的是自然、精神和灵魂。

三个“我”

每个人身上都有三个“我”：一个是内心的“我”；一个是

自己眼中的“我”；一个是别人眼中的“我”。内心的“我”最真实，自己眼中的“我”最不真实，别人眼中的“我”有时真实，有时不真实。我们往往看不见内心的“我”，却十分在乎别人眼中的“我”，很多时候，我们用眼中的“我”欺骗内心的“我”。

我们总是那么忘命

几乎没有一个人不赞成生命是人最宝贵、最重要的东西，但是，为什么有人又把财富、权力、地位、名声看得比生命还重要呢？生命啊，你是多么容易被人忽视！为什么只有人们在身陷绝境、身患绝症或者身陷牢笼的时候，才能真正的把你想起？

生物学家、历史学家、哲学家都能从不同角度说明人与动物有很多区别，但是动物与人都有一个最大的共同点，那就是对死亡的恐惧。

孔子说：“四十而不惑。”人到中年确实应该知道自己究竟是一个什么样的人？自己到底想要什么？自己究竟能做什么？

在自己的哭声中来，在别人的哭声中去，这就是我们一生。来的时候，自己为什么哭？我们不知道。去的时候，别人为什么哭？我们也不知道。

生，我们不能选择；死，我们不能逃避。我们只有活在当下，我们只有活好当下。

孔子说：“未知生，焉知死。”死后的情形，我们确实说不清楚。因为说不清楚，所以我们恐惧，既然说不清楚，为何还要恐惧？

金钱与寿命的关系。如果给你一个亿，条件是你只能活到 60

岁，你会接受吗？网上调查结果显示：我愿意者占 53.8%，我不愿意者占 46.2%。看来有些人说生命比金钱重要，可能是金钱太少了吧！

如果你吃得太快、说得太快、走得太快、什么都太快。放心，病会让你慢下来，老会让你慢下来，死会让你彻底慢下来。

人到世间走一遭，
一晃而过就去了。
命中没有不强求，
名缰利锁催人老。

我们不能预测生命的长度，但是我们可以打造生命的宽度。

人濒临死亡的感觉究竟是什么，无人能说清，因为死亡是不能试验的。有人说是美妙的，有人说是痛苦的，一些心理学家对那些死而复生的濒死体验者研究之后得出结论：舒服、分裂、黑洞、亮光……这种美妙与痛苦交织的论断，也许有其合理性。

如果有一天，你开始回忆从前，求稳怕变，说明你正在渐渐衰老。

人总是活不过一棵树的。如果你确实不知道给后人留什么好，那你就栽一棵树，让后人遮遮荫，让鸟儿歇歇脚吧。

人之将死，其言也善。难道我们的善言都要等到临死的时候才说吗？

年轻时，我们恣意挥霍今生；老年时，我们希望透支来世。

当你喜欢看的电视节目主要是保健养生，而不是现代的言情剧、韩国偶像剧时，你可能开始步入老年时代了。

人心无常，世事多变。因此，无常是生活的本质，也是生存的本质，更是生命的本质。

命是上天安排，运是脚下道路。命不可变，运则可修。

知命：顺天应地，否极泰来；
认命：趋利避害，化险为夷。

人活一辈子，最终都会成为明白人。有的人觉悟得早、明白得早；有的人刚刚明白，却要走了。对于前者，可能死得从容；对于后者，可能死得遗恨。

不管生命多么卑微，都不要埋怨她、诅咒她，珍爱生命，热爱生活，既是对父母的尊重，也是对自然的敬重，因为我们既是父母生命的延续，也是大自然的组成。

纯洁与纯粹

如果按照时间顺序简单地把人分成婴孩、中年、老年三个阶段。那么婴孩阶段代表的是纯洁，老年阶段代表的是纯粹，而中年阶段是最不纯的。婴孩阶段的纯洁主要指心灵，婴孩的心灵没有受到污染，一片洁白，一片纯净；中年阶段受到世俗的污染，既要追名，又要逐利，很多时候都迷失了自己；老年阶段的纯粹主要指智慧，在经历了中年阶段的侵染之后，终于明白了什么是人生最重要的，什么是自己不需要的，所以人到老年，往往变得耳顺了、坦然了、宁静了。

“忙”即心死。忙人不及盲人，盲人心还在，忙人心已死。

想得越简单，快乐就越多；
吃得越简单，病痛就越少；
活得越简单，寿命就越长。

一觉醒来，时间更新，生命更新。因此我们每天都在死亡，同时我们每天都在新生（读书有感）。

不管是中国神话还是希腊神话，关于人的最初来源都离不开泥土。因此，大地永远是我们生命的故乡。

人一生都是在拼命追求生命长度的同时努力提升生命的高度。因此，我们始终要爬坡上行。

在这个世界上，越是神秘未知的东西，人们越想去尝试。但是，对死亡，没有一个人愿意去尝试。

任何难得机会对我们都只有一次，包括宝贵的生与奢侈的死。

茫茫宇宙，人只不过是一颗小小的尘埃，尘埃再小，内心都是一个大大的宇宙。

安静地离去

人，从一降生便开始了死亡的旅程。只是有的人走得急促，有的人走得缓慢。走得急促的人，整天为名所困、为利所惑、为欲所扰，渴望得到，拼命占有，生怕失去，到死都舍不得闭上贪婪的眼睛。走得缓慢的人，细细欣赏一路风景，时时反观自己内心，处处温暖他人心灵，该走了，也就安详地闭上眼睛。

由一只米虫所想。家中大米，储存日久，便生米虫，米虫化蝶，飞蛾扑火，化为灰烬，灰烬入土，滋生谷物，谷穗成熟，又成大米。人，是否也要经历这样的生命轮回？

我们固然不能像宗教徒那样生活，但是我们可以像哲学家那样思考。

对死亡的恐惧是双重的：一是对死亡的恐惧；一是对死亡恐惧的恐惧。

尽管我们啼哭着来到人间，但是带给亲人的是无穷的欢乐；
尽管我们安静地离开人间，但是带给亲人的是无尽的悲痛。

在这个世界上，最能体现人人平等的事情就是死亡。

不能看透死，怎能悟透生？

我们可以哲学地、宗教地思考，但是我们很难哲学地、宗教地生活。

出生是偶然的，死亡是必然的；前半生做了些偶然的事情，后半生都会产生必然的结果。

生即是死，哪个人不是过一天就离死亡更近一步。道理都明白，只是人们不一定在意。

生命之重

对于死亡，其实我们每个人都知道那是必然的，但是究竟在什么时候以何种方式死亡，我们又是未知的。在这个问题上，看来我们既有清醒的一面，也有困惑的一面。是为人，我们肯定贪生，我们绝对怕死。假如我们把每天都当做生命中的最后一天来度过的时候，我们最最想做的是什么呢？肯定不是想去谋求更大的官职，而是想把值得我们珍爱的亲人好好再爱一次；肯定不是想去赚取更多的钱财，而是想把值得我们记忆的山水好好再重游一次；肯定不是想去计较他人的仇恨，而是想把值得我们回忆的幸福时光好好再现一次。因此，每当我们能够这样来思考的时候，我们就知道什么是我们生命中最重要的。

只有懂得生命的脆弱，才知道生命的珍贵。

只要是人，就有人普遍都有的惰性和惯性。人与动物的最大区别是知不知道羞耻，人与人最大的区别是能不能丰富心灵。四十而不惑！我为什么有时候陷入反复的迷惑之中，是别人遮住了我的眼睛？还是自己遮住了自己的眼睛？

辛福遐想

人生的苦恼之源
贪欲太重；
期望太高；
强求太多；
算计太深；
宁静太少；
心眼太小。

乞丐也会嫉妒乞丐

罗素说："乞丐不会嫉妒百万富翁，但他肯定会嫉妒收入更高的乞丐。"在一个乞丐眼里，美国总统、世界首富离他太遥远，与他毫无关系。但是他身边若有一个乞丐，情况就不一样了，如果身边这个乞丐收入比他高，他可能嫉恨得要死，就因为对方是个乞丐。在同一个行道的同事会不会有这种心理?

知足，得到少许即为多；
贪婪，得到再多都觉少。

西塞罗说："劳动使人忘忧。"

随着科技迅猛发展，智能化程度越来越高，劳动离人们越来越远；随着物质日益丰富，生活水平越来越高，烦恼离人们越来越近。如果你感到无聊，就劳动吧，劳动会让你快乐；如果你感到空虚，就劳动吧，劳动会让你充实。

欲望的暂停键就是幸福；
欲望的快进键就是灾难。

物质带给人的快乐是短暂的；
精神带给人的快乐是长久的。

金钱杂说

①有钱能使鬼推磨。

②吝啬鬼永远处在贫困中。

③金钱的奴隶绝不会对上帝忠诚。

④金钱开始说话，事实就闭上了嘴。

⑤钱是好东西，但钱不是最好的东西。

⑥钱不是万能的，没有钱是万万不能的。

⑦金钱能做很多事，但金钱不能做一切事。
⑧有钱人，从来不肯错过一个表现俗气的机会。
⑨如果你把金钱当上帝，它便会像魔鬼一样折磨你。
⑩金钱造成的贪婪人，远比贪婪造成的富人要多得多。

让人分享自己的快乐为慈，主动分担别人的痛苦为悲。

人们总喜欢细细咀嚼悲伤，但是巴不得一口吞下幸福。

中国人信佛

佛教的核心可以用三句话来概括，即“转凡为圣、转恶为善、转迷为悟”。在我国的一些佛教圣地，许多男女老少也烧香拜佛，但是他们心中默念的是“身体健康、家人平安、升官发财、荣华富贵、光宗耀祖”。佛教能够解决这些问题吗?

如果我们每天能够冥想 10 分钟，一定会觉得这个世界很美好。

在这个世界上，还有比幸福更重要的东西，那就是爱与善良。

因某种变故，当你忽然之间变得一无所有，你就会真正感受到普通而平凡的生活是多么富有。

幸福 U 型曲线

人的一生，幸福感呈 U 型曲线。人们在年轻和年老时，幸福感达到顶峰，人在中年，苦恼最多，幸福感较低。

年轻时，在父母的庇荫下，无忧无虑，“少年不识愁滋味”。人到中年，很多事情“才下眉头，却上心头”。

老年时，历经世事沧桑，阅尽人间浮华，“古今多少事，都付笑谈中”。

没有哪个伟人高不可攀，伟人来自生活，伟人也是凡人；
没有哪个幸福遥不可及，幸福源自心灵，幸福也很简单。

印度人的幸福

在一个小区，有个小男孩蹲在地上拉屎。一个男人在刷牙。一个女人在为一个男人冲澡，把一桶水从他头上浇下。一个男人抠着脚丫子，似乎扎进了什么东西，一小群人围在抠脚的男人身旁，叽叽喳喳说着什么。

街上堵车的喇叭声、小贩的吆喝声、寺庙的钟声不绝于耳。大街上垃圾成山，乡下或者郊区到处都是猪在吃垃圾，环境卫生状况不堪入目。

这是什么地方？这就是印度。

美国记者埃里克·韦纳写过一本书《世界上最幸福的地方》，书中有 10 个国家被列为世界上最幸福的地方，其中之一就是印度。

看到上面小区的缩影和街道现状，无论如何，也难以把这个国家与幸福联系在一起。但我阅读了有关印度的历史、文化资料后，发现印度国民的幸福指数相当高。究其原因，不得不谈到印度的宗教——印度教。从信众数量来看，印度教堪称世界第三大宗教，仅次于基督教和伊斯兰教。整个印度 80% 的人口信奉印度教。印度教有两大核心教义：一是种姓制度，一是人生轮回。因此几千年来，印度人总是相信：他们的职业、生活现状以及在社会中的位置，都是命运和神灵的安排，是前世作恶的报应，怪不得他们自己，是不能违抗的。这才是印度在社会十分不平等、贫富差距极其巨大、贫困人口高居世界第一的情况下，却依然能够保持长期稳定、和谐、快乐的真正原因。

凡是到过印度的人，看到最多的是印度人无所事事，慵懒地坐着、躺着。他们有大把的时间可以挥霍，要么躺在果阿的海滩飘飘欲仙，要么在恒河岸边超觉静坐，要么穿行于喜马拉雅山冻得发抖，其余时间便一头钻到静修所研习佛法，什么身心放松呀、呼吸技术呀、深度冥想呀，脑子不想太多，最好什么东西都不留，更不要求事事完美，开心地吃、开心地活、开心地死。

由此可见，印度教已成为印度的文化基因而深深积淀于每一个人的血液中，已经成为这个国家的生活方式和价值观念。虽然，一方面可以保持印度社会的超级稳定，但是，另一方面又极难改变印度经济社会落后的现状。

因此，英国历史学家汤因比在研究世界上 23 个文明史后就预言："人类要想解决二十一世纪的问题，必须要到中国的孔子思想和大乘佛法中汲取智慧。"

用恋人的眼光看世界

热恋中的情人，对方就是整个世界。在一起的时候，一切都是那么幸福迷人；不在一起的时候，思恋也是那么温暖甜蜜。如果我们都能够用恋人的眼光看世界，那么这个世界就多了几分美丽。

如果大家都追逐功利，那么穷人活得不快乐，富人一样活得不快乐。

有人进寺庙多为了获取，升官、发财、求平安；
有人进教堂是为了忏悔，悔过、悔恶、求解脱。

容人之长，别人好于自己，不嫉妒：
容人之短，别人差于自己，不歧视；
容人之怨，别人怨于自己，不仇恨。

与人为善包括善心、善念、善举三个方面：
恻隐之心，人皆有之，此为善心；
己所不欲，勿施于人，此为善念；

送人玫瑰，手留余香，此为善举。

人生快乐幸福的“三心二意”
不泯的童心，
健康的身心，
知足的慧心，
谋事在人意，
成事在天意。

关于不幸

古希腊哲人彼亚斯说：“一个不能承受不幸的人是真正的不幸。”

如果我们把不幸划分为不幸降临前、不幸降临后两个阶段来看，显然，不幸降临之前，对一个人更具有杀伤力。因为在这个阶段，他的心中总是充满焦虑和恐惧。一旦不幸真的降临到头上，也许变得平和与镇定了，因为不幸一旦成为现实，他觉得不过如此。不幸降临之前是想象，因为不真切，所以心中满是恐惧；不幸降临之后是现实，因为很具体，所以只有坦然面对。

生活多做减法；
读书多做加法；
爱情多做乘法；
幸福多做除法。

如果你想活得幸福，就要甘于简单；
如果你想活得自由，就要甘于平凡。

适度的压力，让人激活；
过度的压力，让人崩溃。

宽松的环境让人自由；
宽松的心境让人愉悦。

人生的苦恼之源
贪欲太重；
期望太高；
强求太多；
算计太深；
宁静太少；
心眼太小。

没有挥之不去的心烦，只有阴魂不散的心魔。

特别喜欢钱
①你很喜欢钱；
②你想有很多钱；
③你怕别人比你更有钱。

以上三条，如果你有一条，说明你已体会不到快乐；如果你有两条，说明你已感受不到幸福；如果三条都有，说明你已不是你自己了。

再简单的事，只要想多了、想深了，就变得复杂；
再复杂的事，只要看透了、看淡了，就变得简单。

世间为何多苦恼？
只因欲望比天高，
要想自由与快乐，
唯有把心安顿好。

家与公园邻，
春晨鸟欢鸣，
赏心与乐事，
都付叽喳声。

关于幸福

●幸福是一种内心感受；
●幸福没有标准答案；
●知足的人更容易感受到幸福；
●幸福没有数量的比较，只有感受强弱的区分；
●追求名利可以引发幸福感，但是名利不是幸福的本身；
●不同的人对幸福的理解是不一样的；
●同一个人在人生不同阶段对幸福的理解也是不一样的。

如果说有钱和没钱都会让人苦恼的话，没钱的苦恼要简单些，而有钱的苦恼就复杂得多。

生活就像一个瓶子，里面装着痛苦和快乐。痛苦升上来，快乐就沉下去；快乐升上来，痛苦就沉下去。

与人为善就能自得其乐；斤斤计较就是自寻烦恼。

快乐可以感染，快乐着别人的快乐；
忧伤可以传染，忧伤着自己的忧伤。

伤害别人是一件让别人恨，让自己悔的事情。

人最容易犯的两个错误：一是用自己的标准要求别人，这叫自以为是；二是用别人的标准来衡量自己，这叫自寻烦恼。

不为名所惑，活得最自在；
不为利所诱，活得最洒脱；
不为贪所缚，活得最轻松；
不为欲所绊，活得最快乐。

读书与行走，让内心营养；
淡泊与宁静，让内心成长；
苦难与挫折，让内心坚强。

凡是那些美的事物，外在是质朴的，内在是和谐的。

简单、普通、平凡、朴素……这些既是哲学最本质的东西，也是人生最恒久的东西。

当你追问幸福的时候，其实你已经怀疑幸福；
当你占卜算命的时候，其实你已经怀疑命运。

不要惦记仇恨，它可能让你睚眦必报；
不要忘记教训，它可能让你重蹈覆辙。

痛苦是比较出来的，
怨恨是计较出来的。

想不开，你就用今天的酒杯装昨天的伤悲；
放不下，你就用今天的包袱装昨天的负累。

提得起，放得下，就是好心态；
看得开，想得通，就是好心情。

幸福，不在手上，不在眼前，不在耳边，不在脚下，而在心里。

在生活中，每个人都有这样的一些时候：
有时像患了抑郁症，突然情绪低落；
有时像患了分裂症，突然心烦意乱；
有时像患了自闭症，突然不想说话；
有时像患了健忘症，突然脑壳空白。

徘徊在坚持与放弃之间，就会心累；
纠结在记住与遗忘之间，就会心烦。

同一首歌曲，快乐时听的是旋律；忧伤时听的是歌词。

不良情绪就像恶性肿瘤一样容易扩散。

小时候，我们比较单纯，觉得幸福很简单；
长大了，我们不再单纯，觉得简单才幸福。

真正的幸福，不是遥不可及的丰功伟业，往往是那些近在咫尺的平凡小事。

没时间学习，你终会有时间悔恨；
没时间锻炼，你终会有时间生病；
没时间尽孝，你终会有时间流泪。

赞美别人，让阳光尽量照亮我们内心的每一个角落。

人的烦恼，要么来自于脑，要么来自于心。

怨恨别人，是拿别人惩罚自己；
遇事强求，是拿自己惩罚自己；

不顺天命，是拿上天惩罚自己。

如果你有了想不开、放不下的事情，你就到医院走一走，到墓地看一看，也许你的心情一下子就变得豁然开朗。

生活需要和解，不必处处较真。和别人较真是不理智的，和自己较真是不明智的。

急躁、易怒、忙碌，是一种癌变的生活方式。

只要太私心，绝对难开心。

心安，生活的最好状态；
安心，学习的最好状态。

福莫大于乐善好施；
祸莫大于欲壑难填。

对人性多一份了解

人的本性大致相同。你的所好，往往也是别人所好；你的所恶，往往也是别人所恶。你希望别人做的，往往也是别人希望你做的；你讨厌别人做的，往往也是别人讨厌你做的。如果我们对人性多一份了解，那么人与人之间就会多一份理解、包容与和谐。

幸福源于爱心，痛苦源于仇恨。

趋利而避害，
世人之本性，
否极泰又来，

转化无止境，
只有辩证看，
心态自然平。

忧愁，如果不能渐渐淡化，人就可能要发疯；
喜悦，如果不能渐渐平静，人就可能要发狂。

千载难逢，好书良师益友；
一生清福，健康知足无忧。

每当烦恼的时候，我们就把烦恼认真地记录下来，也是战胜烦恼的方法之一。

东晋诗人谢灵运说：“天下良辰、美景、赏心、乐事，四者难并。”如果领悟了自然之道，春、夏、秋、冬都是良辰美景；如果懂得了辩证之理，有、无、增、减都是赏心乐事。

随缘，便是顺其自然；
惜福，便是知足常乐；
积德，便是从善如流。

事无十全十美，只有尽心尽力；
祸福相辅相成，何必患得患失？
闲看花开花落，不言人是人非。

一个人只要把自己放到宇宙中去看，什么心理问题都容易解决。

快乐不能比较，幸福不能量化。

匆忙之人，怎享山水之乐；
浮躁之人，怎解读书之趣；
贪欲之人，怎悟为官之道。

当今社会，有三样东西足以让你活得很累：保面子、防骗子、怕乱子。

身上无病，心中无欲，狱中无亲，何等逍遥。

默看莲花绽放，静听秋叶凋零，悟生命之真相；
祸兮福之所倚，福兮祸之所伏，悟人生之真谛。

心求自然烦，
心烦自然躁，
心躁自然急，
心急自然乱，
心乱一切乱。

对己，忍一忍吧！对人，恕一恕吧！

拨开凡尘迷雾，眼前便是月白风清；
去除卑鄙庸俗，心中便是海阔天空。

善恶一闪念。一念之善招吉祥，一念之恶引魔鬼。天堂地狱全由心造，当你心中充满友善之情，你便置身于天堂；当你心中充满罪恶之意，你便置身于地狱。

只要你患得患失，你就难大彻大悟，同时烦恼也就没完没了。

浮躁离我们很近，睁眼就会来临；

安静离我们不远，用心才能找到。

心的容量

人心，就是这么奇怪。它的想象是无限的，既可以穿越时空，也可以穿越宇宙。但是它的容量是有限的，装的快乐多了，烦恼自然就少了；装的简单多了，复杂自然就少了；装的满足多了，贪欲自然就少了；装的宁静多了，浮躁自然就少了；装的宽容多了，仇恨自然就少了。

为人贵在宽恕；
处事贵在中庸；
保身贵在谦退；
养心贵在放下；
读书贵在静悟。

平淡如杨绛

2014 年，著名作家杨绛迎来了她 103 岁生日。在她生日这天，她拒绝所有的看望和祝寿。她曾说："上苍不会让所有幸福都集中到某个人身上，得到爱情未必拥有金钱；拥有金钱未必得到快乐；得到快乐未必拥有健康：拥有健康未必一切都会如愿以偿。保持知足常乐的心态才是淬炼心智，净化心灵的最佳途径。一切快乐的享受都属于精神，这种快乐把感受变为享受，是精神对物质的胜利，这便是人生哲学。"

这就是杨绛的人生哲学，概括地讲，那就是：完完美美不现实，平平淡淡才是真，快快乐乐最自在。

给予是一种境界，获得是一种智慧。

人生总是伴随着苦难，幸福总是充满缺陷。

个人的烦恼，别人给你添的其实不多，大多数时候是自己找的。比如欲名、欲利、欲色等等，哪一样不是让人烦恼的根源呢？

如果你成天愁眉不展，郁郁寡欢，那么你努力去做两件事：一是行善，二是恕人，看看你的心情又是怎样呢？

无求品高，多欲心烦。

吃得苦中苦，方为人上人；
吃得亏中亏，乃是福上福。

如果你实在不知道怎样才能获得快乐，那你就多多行善吧。

单相思既甜蜜又痛苦。甜蜜的是自己把对方当恋人，痛苦的是对方并没有把自己当恋人；甜蜜的是自以为对方有意，痛苦的是不知对方究竟有不有意。

如果你能宽恕，你将得到双倍收获；
如果你要发怒，你将面临双倍烦恼。

你痛苦，是因为你太在乎、太执着；
你烦恼，是因为你太刻意、太强求。

如果你想活得自由，那就简单些吧；
如果你想活得快乐，那就简单些吧；
如果你想活得幸福，那就简单些吧。

有的人为了获得权力、地位和金钱，成天算计和奔波。到头来，有的人如愿以偿，有的人事与愿违。得到了就一定幸福美满吗？没有得到就一定苦不堪言吗?

现实主义者往往活得比较自在，完美主义者往往活得比较痛苦。

所有外在的东西，你越是在乎，你就越感到痛苦；
所有内在的东西，你越是在乎，你就越感到丰富。

人们总是想得到，为什么不想一想总有一天我们生命都将失去；
人们总是想拥有，为什么不想一想总有一天我们什么都将交出。

古人云："人无远虑，必有近忧。"可是今人有了远虑，未必就无近忧。

一个太看重金钱的人，其烦恼是双重的。一是总为赢得太少而烦恼；二是总为输得太多而烦恼。

幸福感不一定源于金钱、地位、名声，往往都是那些很细小、很平凡、很具体的事情所引发的。

谁认为自己得到太少，谁就是最苦恼的人；
谁认为自己失去太多，谁就是最不幸的人。

2013 年诺贝尔文学奖获得者加拿大女作家门罗说："幸福始终充满着缺陷。"就像我们想着远方的恋人，心里甜蜜蜜的，很幸福！但是此刻不能相聚；就像我们回忆昔日的童年，心里乐滋滋的，很幸福！但是时光不能倒流。

真正的幸福非常平凡，真正的快乐非常简单。

虽然我们很难给幸福下一个十分准确和完整的定义，但是，我们可以肯定真正的幸福都是非常简单的、非常普通的。我们回忆一下，曾经的那些幸福时刻，哪一次不是这样？

人之所痛苦，一是因为得不到；二是因为舍不得。

幸福总是爱和我们捉迷藏。年轻时，我们总是努力向前追逐它；年迈时，我们总是时常向后回味它。

如果有的人成天愁眉不展，闷闷不乐，不妨带他（她）到医院走一走，到监狱看一看，也许，他（她）幸福的感觉会增强，幸福指数会提高。

委屈，是与人比较产生的，坦然，也是与人比较产生的；
不满，是与人比较产生的，知足，也是与人比较产生的；
遗憾，是与人比较产生的，欣慰，也是与人比较产生的；
痛苦，是与人比较产生的，幸福，也是与人比较产生的；
郁闷，是与人比较产生的，快活，也是与人比较产生的；
烦恼，是与人比较产生的，轻松，也是与人比较产生的；

成功是一个社会概念，但未必是一个事关幸福的概念；
成功是一个通俗标准，但未必是一个事关心灵的标准。

好心情也是生产力。

乐极生悲，福过灾生。如果是快乐导致了悲伤，幸福导致了灾难，请问：有谁还愿意追求快乐和幸福？

幸福是一种心灵的感觉。感受幸福人人都会，享受幸福则需要学习。

在一些经济指标中，比如数量指标和质量指标、总量指标和人均指标、硬指标和软指标等等，民生的幸福指数往往是与质量指标、人均指标、软指标呈正相关的。

老百姓的幸福城市

近年来，什么国家幸福指数、国民幸福指数、城市幸福指数相继发布，各种数据硬邦邦的，老百姓看得懂吗？究竟怎样才算是一个幸福的城市？在这里，我想从老百姓的角度提出幸福城市的四个直观指标，那就是：一看交通堵不堵；二看生态绿不绿；三看天空蓝不蓝；四看河水清不清。

幸福感的比较：
女人比男人更容易感受幸福；
穷人比富人更容易感受幸福；
农民比工人更容易感受幸福；
少年比老年更容易感受幸福；

幸福让人眷恋；
欢娱让人遐想；
痛苦让人沉思。

打开幸福的大门取决于两个条件：一是直观的感应，二是心灵的品味。前者就像锁孔，后者就像钥匙，两种完全对应，幸福的大门就会洞开。

心心相印，两情相悦，真爱没那么累；

平淡是真，简单是福，幸福没那么贵。

帮过你的人，你要铭记他，心中永远充满感恩戴德之情；被你帮过的人，即使他忘了你，心中也不要有忘恩负义之感。能够做到这两条，你的人际关系就永远是温暖的、和谐的。

以心灵去校正生活，你将感到幸福；
以生活去校正心灵，你将感到痛苦；

拼命想得到，非常怕失去。这就是人痛苦的根源。

心中美好的愿望，有时却经不起现实面对，往往在现实面对的时候，放大的期望在缩减，拔高的欲望在衰减。

每位临终者都是伟大的老师：
他让你关爱生命；
他让你净化心灵；
他让你产生慈悲；
他让你善待他人。

太自我，痛苦的本质；
放不下，痛苦的根源。

琴弦只有在不松不紧的时候，才会奏出最美的音乐；
人生只有在不慌不忙的时候，才能活出幸福的滋味。

我们之所以痛苦，是因为我们太复杂、太执着，对许多东西放不下，只有真正放下，才能简单，才能自由，才能幸福。

放下是通往幸福之路，禅坐是通往顿悟之路。

在这个世界上，如果你已十分幸福，那么你应心存万分感激。

平凡的快乐

今天我特快乐。每天忙于工作和疲于应酬，今天在单位没有必须做的工作，时间完全由自己支配，我轻松地阅读我喜欢看的书籍和报纸，中午在办公室小憩了一会儿，下午仍然自由地看看书。同事都下班了，我独自一人走在大街上，行人、汽车、街道仿佛与昨天没有两样，但今天我的心情特别快活。我顺便在街边买了半斤水饺和一把空心菜，共 5 元 3 角钱，晚饭吃得挺香。

今天，我过得如此普通和平凡，但是特别快乐！

要想得到快乐，一是要有一颗简单的心灵，二是要有你真正喜欢的事情。

今天，老婆到重庆出差去了，我起了个大早，把自己那沉重而杂乱的公文包进行了整理，同时也把自己这段时间的心情进行了整理，精神状态很好，感到一切都将是新的开始。应该告别那种学习不能坚持的日子，养成天天阅读的习惯，争取日有所学，日有所获；应该告别那种锻炼不能坚持的日子，养成天天锻炼的习惯，做到天天出汗，天天排毒。

生态断想

圣雄甘地说："地球能满足人类需要，却满足不了人类的贪婪。"

江西三清山

三清山不算太高。

我们这个团队坐索道上去，但是到了索道终点还没有走到整个山路的十分之一。我们下索道后只有努力向上攀爬，在我们这个团队里，我算是爬得最快的，经历了三百多步的一线天石阶，悬崖峭壁，奇山异石，比比皆是。沿途都有一些供攀爬者小憩的石凳，但是我没有在石凳上坐下来休息，我始终在与自己的体力挑战，始终在与自己的极限抗争。爬到最高峰了，眼前是一览众山小，内心是高处不胜寒。这与我们生活一样，攀登到人生最高峰的时候，虽然有一种征服的喜悦，但是往往也伴随着一阵阵孤独的落寞。

江西婺源

婺源，中国最美的乡村。这里看不到多少高楼大厦，白墙黑瓦，小桥流水，竹林环绕，樟树挺拔。这里见不到多少现代化的气息，大街小巷都是一派悠闲的景象，进入古镇，你只看看那青石板街面，就能感受这个古镇岁月的沧桑。这里的老百姓主要是发展旅游业，几乎是家家户户都从事各种工艺制品的生产，比如樟木梳、扇子、捶背用的挠挠、各种木雕等等，应有尽有，既小巧又别致，如果你到了这里，自然少了大城市的喧嚣与繁华，而心里平添了许多从容与宁静。认真回想起来，我们每个人在这里肯定都能找到故乡的影子，但是毕竟有区别，在故乡我们是土生土长的主人，在这里我们却是来去匆匆的游子。

再见了，婺源！再见了，我心灵的故乡。

天蓝≠蓝天。这究竟是环保专家的技术解释，还是环保人士的文字游戏？

环境保护既要服务于发展，为又要服务于民生，还要服务于社会。因此，环境保护既是经济问题，又是政治问题，还是社会问题。

賨人谷

賨人谷在四川渠县境内，我随市政协人资环委赴渠县调研旅游业发展，对賨人谷作了考察，賨人谷给我留下的印象可深刻了。

一是賨人文化源远流长。据介绍：历史上的賨人主要生活在周、秦、汉、晋等朝代，看到每一个景点特别是以崖居为特征的栈道和洞穴，总有一种历史的穿越感。脑海里仿佛再现那个时代乐的生活情景、战争场面。

二是賨人文化还有许多未解的谜。賨人的先祖是哪个？賨人的后代是哪些？他们为什么要选择崖居？他们为什么没有留下丰富的文字？他们的生活习惯、他们的民俗等等都还是未解之谜。

三是賨人后裔勤劳智慧。渠县人应是賨人后裔了，都说渠县人聪明智慧，不说别的，只是说从 2010 年开始，在较短的时间内能把賨人谷打造成今天的样子，足见渠县人勤劳、勇敢和智慧了。

大西北旅行记

今天我们一行赴重庆乘飞机到兰州考察旅游业发展。一下飞机，就感到甘肃的地形地貌以及气候与四川的差异。这里植被较差，黄沙茫茫，气候干燥。我们忘记了旅途劳顿，满眼都是新鲜感，跟随导游驱车前往青海湖。一路上黄土高坡、遍地的牛羊、退化的草原、皑皑的雪山尽收眼底。一过祁连山，旅行车驶入一望无际的大草原，道路笔直，感觉我们的车子在渐渐爬坡，快到青海湖，只觉得天边一条无垠的蓝色飘带是那样的绵长，导游说那就是青海湖。

我们到青海湖宾馆住下，已是夕阳西下，室外的风是那样的干冷。晚餐时，给我们服务的是一位藏族小女孩，年龄大约十四五岁，脚穿旅游鞋，皮肤是典型的黑里透红，寡言少语，聪明伶俐，看样子，她早已适应了南来北往的旅客。我问她还在读书吗？她说没有。我顿感惋惜，因为，她和我女儿年龄不相上下，这个年龄正是读书求知的最佳时候，她却放弃了读书。整个晚餐，我都在注视着她，藏族小女孩给我留下了难忘的印象。

第二天一早，我们去游青海湖。青海湖即蒙语“青色的海”之意。它位于青海省东北部的青海湖盆地内，既是中国最大的内陆湖泊，也是中国最大的咸水湖。由祁连山的大通山、日月山与青海南山之间的断层陷落形成。在青海湖畔眺望，苍翠的远山，合围环抱；碧澄的湖水，波光潋滟；牧民的帐篷，星罗棋布；葱绿的草滩，羊群似云。青海湖周围是茫茫草原。湖滨地势开阔平坦，水源充足，气候比较温和，是水草丰美的天然牧场。日出日落的迷人景色，更充满了诗情画意，使人心旷神怡。近几十年来，受气候变暖和人类活动影响，青海湖水位持续下降，流域内生态系统退化加剧。据监测，近 50 年来，青海湖水位下降了 3.78 米，水面面积减少了 362.3 平方公里，大致相当于每年减少一个杭州西湖。

我们沿湖边前行，将近一个小时车程，来到青海湖鸟岛，鸟岛位于青海湖西部，鸟岛是亚洲特有的鸟禽繁殖场所，是我国八大鸟类保护区之首。每年 3~4 月，从南方迁徙来的雁、鸭、鹤、鸥等候鸟陆续到青海湖开始营巢；5~6 月间鸟蛋遍地，幼鸟成群，热闹非凡，声扬数里，此时岛上有 30 余种鸟，数量达 16.5 万余只；7 ~ 8 月间，秋高气爽，群鸟翱翔蓝天，游弋湖面；9 月底开始南迁。为保护鸟类供人观赏，1975 年 8 月建立鸟岛自然保护区，1980 年被列为国家级自然保护区。

看完鸟岛，我们沿路返回，已近中午，烈日当空，人已相当困乏。我们吃了午饭，继续向西宁方向前进。途中，我们去文成公主的塑像前照相，去日月山合影，和亲的佳话，神秘的传说，都离我们远去了。傍晚，我们终于到了西宁。说实话，西宁这个城市，没有什么特色，既没有历史感，也没有现代味。我们在这里买了一些土特产作纪念。

塔尔寺

今天我们从西宁到兰州，途经塔尔寺。塔尔寺位于青海省西宁市西南 25 公里处的湟中县城鲁沙尔镇。塔尔寺是宗喀巴大师罗桑扎巴（1357 — 1419）的诞生地。宗喀巴大师早年学经于夏琼寺，16 岁去西藏深造，改革西藏佛教，创立格鲁派（黄教），成为一代宗师。

宗喀巴去西藏 6 年后，其母香萨阿切盼儿心切，让人捎去一束白发和一封信，要宗喀巴回家一晤。宗喀巴接信后，为学佛教而决意不返，给母亲和姐姐各捎去自画像 1 幅，并写信说："若能在我出生的地点修建一座佛塔，就如与我见面一样。"第二年，香萨阿切在信徒们的支持下建塔，取名"莲聚塔"。

在这里，与其说是游览寺庙，不如说是感受虔诚。宗喀巴学佛虔诚，赴藏数年，潜心研习，有家不归；香萨阿切虔诚，儿不能归，建塔种树，睹物思人；信徒虔诚，双手谷十，全身俯地，一步三叩。如织的游人，祈福免灾，几多虔诚?

鸣沙山和莫高窟

我们连续乘了十几个小时的火车从兰州来到了敦煌。一下火车，我就被这里厚重的文化氛围所席卷。敦煌位于中国古代的丝绸之路上，它南枕气势雄伟的祁连山，西接浩瀚无垠的罗布泊，北靠嶙峋蛇曲的北塞山，东邻峰岩突兀的三危山。到了敦煌，不可能不去看鸣沙山和莫高窟。

上午，我们去看鸣沙山和月牙泉。一到景区，只见满眼黄沙高耸入云，我脱了鞋袜，光着双脚，高一步、矮一步地行走在这黄沙的世界。这里的时间可以变、天气可以变，游人可以变，唯独沙漠和骆驼是两道不变的风景线。在返回的旅行车上我想这样来概括这里的风景：

鸣沙山的沙子黄又黄，
沙漠里的驼队长又长，
月牙泉的水儿清又清，
敦煌城的奇观多又多。

下午，我们去游莫高窟。我最早了解莫高窟是读余秋雨的散文《莫高窟》。给我印象最深的两个主题词是藏经洞和道士塔。今天到这里要一睹它的尊容。在鸣沙山和三危山的交界处，人工雕凿而成莫高窟。不到莫高窟，你就不了解藏经洞，不了解藏经洞，你就不知道里面珍藏的经书有多么可观，你就不知道文物大盗斯坦因有多么可恨，你就不知道这里的文物流散有多么可惜。

莫高窟大门外，有几座僧人圆寂塔。塔呈圆形，状似葫芦，外敷白色。有一座塔，由于修建年代较近，保存得较为完整。塔身有碑文，它的主人，就是那个道士王圆箓！历史已有记载，他是敦煌石窟的罪人。就是他，打开了一扇轰动世界的门户；就是他，创造了中华民族文物流落他乡的耻辱。

人来自于大自然，最终回归大自然，所以人属于大自然。

大自然和音乐，永远是人类的精神家园和灵感源泉。

当你的心灵有了足够的清净，那么太阳离你很近，月亮离你很近，整个自然也离你很近。

要保护环境，首先要保护我们的内心，因为很多污染的环境，正是来自于我们污染的内心。

现代的文明城市也好、生态城市也好、幸福城市也好，都应当以规划定型、生态垫底、经济着色、文化塑魂。

人，永远没有大自然完美。

大自然既神秘，又神圣；
大自然既无情，又无私。

人离自然越近，人的自然属性就越明显，人与自然就越容易和谐相处；

人离自然越远，人的社会属性就越明显，人与自然就越难以和谐相处。

大地藏污纳垢且能自净，故，厚德载物；
水体容纳万物且能自净，故，上善若水。

没有地球就没有生命，没有女人就没有世界。

西安的老城墙

今天，我游览了西安的老城墙。西安老城墙位于西安市中心，是明代初年在唐长安皇城的基础上修建而成的。呈长方形，墙高12米，底宽18米，顶宽15米，总周长11.9千米，有城门4座，东长乐门，西安定门，南永宁门，北安远门，已有600多年历史，是中国现存最完善的古代城垣建筑。

登上城墙，我骑单车游览，放眼市区，城市高楼林立；看看脚下，城墙古风尚存，顿时感觉现代建筑与古代城墙是多么的不协调。抚今思昔，古代的长安肯定没有今天的西安繁华，但是今天的西安也肯定没有古代的长安之厚重。

时间就像我脚下的车轮，被它碾过的都将成为记忆。西安古城墙就像一位智慧的老人在向匆匆过客述说它那辉煌的过去，再壮观、再宏美都已变成历史的遗迹。墙尚在，城已变，地下君王化为烟。西安古城墙让我走进历史，触摸记忆。

第一次去延安

中秋节后，我第一次去延安。延安位于陕西北部，地处黄河中游，她是红军长征的终点，也是中共革命的根据地。

小时候，读贺敬之的《回延安》："心口呀，莫要这么厉害地跳，灰尘呀，莫把我眼睛挡住了……手抓黄土我不放，紧紧儿贴在心窝上……几回回梦里回延安，双手搂定宝塔山。"还有杨家岭的早晨和窑洞里的灯光……这是我小时候的延安。

眼下，杨家岭的黄土依旧，革命领袖的身影犹在，中共七大的会议旧址尚存。夕阳西下，暖意洋洋，枣园银杏叶儿黄，窑洞的油灯好像在闪闪发光。

昔日的延安是红色革命的摇篮，今天的延安是共产党人的精神家园。

黄帝陵

我来到黄帝陵，已是傍晚时分。

黄帝陵位于延安市黄陵县桥山之巅，山上千年古柏郁郁葱葱，山下沮水环绕流水潺潺。拾级而上，祭祀祖先，倾听传说，感慨万千：

黄帝手植柏，号称柏之冠，已有五千年；
立碑下马石，百官须下马，整冠至陵前；
九转祈仙台，触怒玉皇帝，汉武未成仙；
轩辕功勋著，今人怎敢忘，后土和皇天。

华山，是大自然赐予人类的一笔丰厚的、险要的、珍贵的自然遗产。

华清池

华清池，南依骊山，北临渭水。据考证，她有6000年的温泉史，3000 年的皇家园林建筑史。来到这里，你不能不联想到三个人：一是唐玄宗，二是杨贵妃，三是蒋介石，联想中总带有香艳、凄美和遗恨。

秦始皇陵

《史记》记载：“穿三泉，下铜而致椁，宫观百官，奇器异怪徙藏满之，以水银为百川江河大海，机相灌输。上具天文，下具地理。以人鱼膏为烛，度不灭者久之。”这位叱咤风云的旷世君主，不仅为后人留下了千秋伟业，还留下了让后人永远都猜不透的地下宫殿。

赴法国考察

到巴黎已是晚上。巴黎的夜晚给人一种惬意、随意之感。居民的房门狭窄而矮小，建筑也不刻意雕琢。街上的行人稀少，街上的药店、烟店、商店不像国内随处可见。时近深秋，落叶萧萧，巴黎的冷都让人冷得那么清澈而透明。

法国第戎

今天，我去法国第戎。这个城市保存完好的古城堡随处可见。这里早没了战争年代的征战和喧嚣，城里一片安静，安静得近乎萧杀，抬头看看那墙壁中镶嵌着年代久远的古木，再看看脚下被历史打磨得光滑的石板街道，总让我产生最遥远的想象。这座城市古朴得安详，这里的人们生活得很悠闲，鸽子在行人脚下来回觅食。

法国的农牧业

法国的农业早已机械化，地势平坦，土壤肥沃，日照较长，温差较大，种植葡萄品质上乘，主要农作物是小麦、玉米、马铃薯和甜菜。一望无际的草坪四季常青，畜牧业很发达，牛奶比自来水都要便宜。法国的电力主要是核电，空客 380 是其特色。

法国人的闲和酒

如果用两个字来概括法国人的生活，那就是闲和酒。他们生活得总是那么悠闲自在，从容自然。因为悠闲，有大量的时间思考；因为葡萄酒，给人们的思考带来了灵感，可能这就是法国为什么产生那么多文学家、思想家、哲学家的原因吧。

中国人喝酒喜欢豪饮，饮出的是豪情；
法国人喝酒喜欢细品，品出的是韵味。

法国里昂

里昂，法国第三大城市，一个工业城市，罗纳河穿城而过，河水清澈、野鸭戏水、鸽子漫步，一幅人与自然和谐的美景。同一个地球、同一片蓝天，不同的是风景。

古罗马戏台遗址。台上表演结束，台下观众散场，青山依旧在，几度夕阳红，古老的帝国，昨日繁华转头空。

欧洲的民间环境保护力量，主动参与；
中国的民间环境保护力量，被动介入。

海边温暖阳光沐浴、街边高大棕榈成荫、露天咖啡比比皆是。这就是法国尼斯。

地中海

太空蔚蓝蓝的、海水碧幽幽的、沙滩热乎乎的、游人暖洋洋的。沙滩上有躺着看书的、玩手机的、听音乐的，岸边有跑步的、遛狗的、喂鸟的。还有金发女郎裸体日光浴、各种肤色恋人热烈亲吻，甚至还有同性恋耳鬓厮磨……这究竟是法兰西的浪漫？还是地中海的包容？

地中海，蓝色的生命，蓝色的记忆。

摩纳哥赌场。男女老少、各种肤色、进进出出。进赌场，人们的想法一模一样；出赌场，人们的表情各不一样。

戛　纳

这是法国的电影城，每年 5 月的国际电影节在此举办。

去戛纳这天，天高云淡，海边的房子依山而建、星罗棋布、红瓦白墙、小巧别致，苍松掩映其间。街道棕榈成行，海边游艇待发。电影节留给戛纳的是随处可见的电影宣传画报。到戛纳，与其说是感受电影城的魅力，不如说是体验地中海的风韵。

告别尼斯，前往马赛

吃过早饭，我们就要告别尼斯，驱车前往马赛。离开尼斯的时候，天空下着小雨，在车上只见外面的雨越下越大，车窗不敢打开，窗外的一切都掩映在烟雨朦胧中，若隐若现。唰唰的雨滴不断洗刷我那浮华喧嚣的心灵，滚滚的车轮不断延长我对这个城市的记忆。

再见！尼斯，一个美丽的海滨城市；

再见！尼斯，一个宁静的包容城市。

到了马赛，很容易联想到国内一些城市火车站的周边地区。马赛是一个人种很杂的城市，是一个缺乏安全感的城市，是一个来了就想离开的城市。

普罗旺斯的断桥

普罗旺斯的断桥。谁说600年的断桥是一种残缺，它的完美已随着河水日夜流淌，流向哪里？地中海是它永远的向往。

阿维尼翁古城

古城小巷，阳光直射，古朴安详。巷内飘来阵阵薰衣草的芳香，风儿呀，你总是吹个不停，是不是想把这古城的幽香吹向世界各方。

法国农村风貌

时至深秋，但是绿色永远是法国农村的底色。高速路网纵横交错，红葡萄园成排成行，红瓦白墙的农庄星罗棋布，啃草的牛羊成群结队……

白色的公路、翠绿的草坪、墨绿的山丘、如血的残阳，目不暇接，美不胜收，好一幅美丽的田园风情画。

艺术小镇巴比松

巴比松是巴黎南郊的一个小小村落，它紧邻枫丹白露森林。这里耕作的农民、安静的田园、金黄的麦浪、遍地的牛羊都是迷人的风景。当年，无数画家纷至沓来，以写实手法表现自然风景的巴比松画派由此诞生。小镇也因此闻名。“农民画家”米勒曾在此一边劳作，一边绘画，《播种者》《拾穗》《晚钟》等佳作便从这里走向世界。

走进小镇，顿感时光并没有让这里的一切抹去当年的痕迹：洁净的街面、街边的花钵、古朴的老屋、阳台的鲜花、墙上的藤蔓……满眼都是诗的意境，到处都释放出浓郁的艺术气息。小镇的街道很窄很窄，但我们的心境却越走越宽。

卢浮宫

地上是如织的游客，地下是珍贵的展品。游客是流动的，展品是静止的。流动的是一道风景，静止则变成一段历史。我们到卢浮宫，既是对历史的倾听，也是对美的欣赏，更是流动对静止的仰望。

卢森堡公园

树在园中、鸟在林中，人在画中。左右都是风光，横竖都是美景，一个景点，不论从哪个角度拍摄下来都是一幅美丽的风景画。

垃圾处理，分类是关键，集中是根本，再生是目的。

人是世界上最不可思议的动物。认为自己最聪明的动物是人，自己能够毁掉自己的动物也是人。

中国的空气污染现状：多因子、复合型、无边界。

衡量一个城市空气质量好不好，晴天看树（树上扬尘多不多）、阴天看雾（能见度低不低）、雨天看路（街道脏不脏）。

一个城市，如果生态环境不好，而且城市建设缺少文化内涵，那么失去环境滋润和精神涵养的人们，就会在钢筋水泥森林间急功近利，心浮气躁。

环境保护事业，既是让人们认识生僻字（如霾、烃）的行业，也是让人们认识英文字母（如 pm2.5、cod）的行业。

大家都知道环境对人的健康有影响，但是究竟危害程度有多大？有多重？不知道。就像一个小偷，人人都知道他偷了东西，就是抓不到确凿证据，你看多尴尬、多无奈。

在大自然面前，人永远成不了一个大写的人。

在清华学习期间，我们考察了白洋淀水生生态。白洋淀，我熟悉，因为抗战而闻名，是我童年的记忆；白洋淀，我陌生，因为我从没有亲近过她。今天，这里已经成为旅游的胜地、鸟儿的天堂、美丽的水乡。这里的人们很淳朴，这里风景很美丽。但是，白洋淀的水质还需要采取有效措施加强保护。

在宇宙面前，人的肉体是无穷的小；
在宇宙面前，人的内心是无穷的大。

富兰克林说：宝贝放错了地方就是废物。
环保人士说：垃圾放对了位置就是资源。

朝代的更迭、生命的成长、季节的交替、生物的演化……这些就是自然规律。

人法地、地法天、天法道、道法自然。整个宇宙的法则就是顺应自然。人是自然之子，难道不能顺应自然？

新型城镇化，以人为本是核心，生态保护是关键，文化传承是主线，绿色宜居是目的。

城与城区别在文化，人与人区别在灵魂。

城市的灵魂

世界著名建筑大师、城市学家埃罗·沙里宁说：“让我看看你们的城市，我就知道这里的人们追求什么。”此言一语道破城市的个性在文化。我们的决策者、设计师、开发商真正应该记住这句话。

古人归隐山林，多因仕途问题；
今人向往山林，多因环境问题。

自然之美

阅读古诗词，可以从中领略蒹葭野凫、芳草斜阳、古刹疏钟、大漠孤烟、闲云野鹤、水竹云山、皓月长空……这是多么令人神往的自然美。

今天是一个数字、声色、光影的时代，环境污染、仿古建筑、人造景观、灯红酒绿比比皆是。在我们后代眼里，什么是真正的大自然?

从生物学讲，人是高等动物。而从人对自然的残忍和贪婪来看，人又是最低等的动物。

天生万物以养人，人用贪婪以报天。所以，圣雄甘地说：“地球能满足人类需要，却满足不了人类的贪婪。”

在大自然面前，人总显得那样弱小和无知。

在环境问题上，我们每个人都是污染的制造者、受害者、谴责者。

万物皆有灵

在生活中，我看到一些动物总是心生悲悯。每年冬至吃羊肉，有些地方还推出现场点杀，要杀一只羊，羊总是咩咩叫个不停，人们还是不肯放过，很快，杀羊的血腥场面抛在脑后，羊肉汤热气腾腾，食客们笑语声声，此时，我耳边总是那小羊揪心的叫声。

接近自然，你将远离兽性。

有人说人类面临的许多难题、谜题，要靠今后发达的科技来解决。我宁可相信，人类源于自然，人类面临所有的问题，最终要靠自然来解决。

地球越变越暖，因为废气：
人心越变越冷，因为怨气。

我国是一个贫水的国家，源头贫乏，末端污染。如果我们不能从小养成节水习惯，那么终有一天，地球上最后一滴水就是我们的眼泪。（写在 3.22 世界水日）

环境污染并非一日之寒，环境改善岂望一日之功，治理环境污染，一要有壮士断腕的坚定决心；二要有实事求是的科学态度；三要有持之以恒的实际行动。

我们源于大自然，我们最终回归大自然，大自然才是我们永恒的家园。

自然是上帝的作品，人类看到上帝的作品，叫绝！
城市是人类的作品，上帝看到人类的作品，发笑。

生物链

澳大利亚本来没有兔子，1859 年，有个农民从英格兰带了 25 只野兔到澳大利亚，这些兔子就像到了天堂，没有天敌，成几何级数繁殖，为所欲为，对农田、庄稼、草原带来了一场灾难。1906 年，美国为保护亚利桑那州的鹿群，总统下令捕杀狼群，结果鹿群泛滥成灾，对当地的生态系统带来了毁灭性的破坏。

生态平衡主要体现在生物链条（由动物、植物和微生物相互提供食物而形成的一个稳定的相互依存的食物链条）的完整，链条一旦断裂，就是生态灾难。

螳螂捕蝉，黄雀在后，
有的食草，有的食肉，
生物链条，环环相扣，
一旦打破，难以补救。

印度森林之子 Payeng 说："大自然中没有怪兽，除了人类。"

过去的环保靠宣传，因为大家不了解；
现在的环保靠督查，因为企业不自觉。

环保部门的出路

环境保护必须解决双重矛盾。一是在生态环境方面的保护与发展的矛盾；二是在环保工作方面的开放与封闭的矛盾。

解决保护与发展的矛盾需要转变观念。生态环境资源不是取之不尽，用之不竭的，而是十分有限且相当脆弱的，那种高投入、高消耗、高污染的发展模式，我们的环境资源将难以承载、我们的排污总量将难以削减、我们的社会发展将难以为继。

解决开放与封闭的矛盾需要体制改革。人人皆环境、处处皆环境，环保工作涉及社会生活方方面面，是一个广泛开放的领域，其现状却是环保工作局限在一个相对封闭的领域，环保工作的各项目标任务看似面对各个部门、各个方面，实际上最终检查的是环保部门、考核的是环保部门、追责的是环保部门。

一个全方位、宽领域、多层面的环保工作往往成了环保部门一家自娱自乐、自说自话、自卖自夸。如果环保工作的管理、考核体制不能得到有效解决，那么环保工作就很难形成社会广泛参与、部门积极配合、环保统一监管的格局。

世上物质大循环

空气无边、流水无界、土壤无疆。这些都是人类生存的重要环境要素，世上的物质是一个循环系统。当空气、水、土壤受到污染的时候，由于食物链的关系，一些物质如重金属元素或有机物质，可以在农作物、动植物、水生生物体内经吸收后逐级传递，不断积聚浓缩，使污染物浓度逐步提高，最后形成生物富集或生物放大作用，人在食物链的最末端，当然受到的危害也就最大，污染物经人体吸收转化，一部分又随我们的粪便排放到环境中，最终进入水体和土壤，循环往返，周而复始。

空气水土受污染，
万物都要受牵连，
污染积累食物里，
人类皆以食为天，
人体吸收并转化，
吃喝拉撒又下田，
世上物质大循环，
一环污染消除难。

慈母的跪拜

《藏羚羊的跪拜》（王宗仁）讲述了这样一个故事：故事发生的年代距今有好些年了，当时，经常跑藏北的人总能看见一个肩披长发，留着浓密大胡子，脚蹬长统藏靴的老猎人在青藏公路附近活动，那支磨蹭得油光闪亮的杈子枪斜挂在他身上，身后的两头藏牦牛驮着沉甸甸的各种猎物，他无名无姓，云游四方，朝别藏北雪，夜宿江河源，饿时大火煮黄羊肉，渴时一碗冰雪水。

一天清早，他从帐篷里出来，伸伸懒腰，正准备喝一碗酥油茶时，突然瞅见两步之遥对面的草坡上站立着一只肥肥壮壮的藏羚羊，他眼睛一亮，送上门来的美事！沉睡了一夜的他浑身立即涌上来一股清爽的劲头，丝毫没有犹豫，就转身回到帐篷拿来了杈子枪，他举枪瞄了起来，奇怪的是，那只肥壮的羚羊并没有逃走，只是用乞求的眼神望着他，然后冲着他前行两步，用两条前腿扑通一声跪了下来，与此同时，只见两行长泪从它眼里流了出来，老猎人的心头一软，扣扳机的手不由得松了一下，藏区流行着一句老幼皆知的俗语："天上飞的鸟，地上跑的鼠，都是通人性的。"此时藏羚羊给他下跪自然是求他饶命了，他是个猎手，不被藏羚羊的悲悯打动是情理之中的事，他双眼一闭，扳机在手指下一动，枪声响起，那只藏羚羊便栽倒在地，它倒地后仍是跪卧的姿势，眼里的两行泪迹也清晰地留着。

那天，老猎人没有像往日那样当即将猎获的藏羚羊开膛、扒皮。他的眼前老是浮现着给他跪拜的那只藏羚羊。他感到有些蹊跷，藏羚羊为什么要下跪？这是他几十年狩猎生涯中唯一见到的一次，夜里躺在地铺上他久久难以入眠，双手一直颤抖着……

次日，老猎人怀着忐忑不安的心情对那只藏羚羊开膛扒皮，他的手仍在颤抖，腹腔在刀刃上打开了，他吃惊得出了声，手中的屠刀咣当一声掉在地上……原来在藏羚羊的子宫里，静静卧着一只小藏羚羊，它已经成形，自然是死了。这时候，老猎人才明白为什么那只藏羚羊的身体肥肥壮壮，也才明白它为什么要弯下笨重的身子向自己下跪，它是在乞求猎人为自己的孩子留下一条活命呀！

老猎人的开膛破腹半途而止。

当天，他没有出猎，在山坡上挖了个坑，将那只藏羚羊连同它那没有出世的孩子掩埋了。同时埋掉的还有他的杈子枪……

从此，这个老猎人在藏北草原上消失了，没人知道他的下落。

这是一个凄美故事。生命是宝贵的，不管是人，还是动物；亲情是珍贵的，不管是人，还是动物。人与动物要和谐相处，就必须放下猎枪、爱护动物、尊重生命、回归人性。在大自然面前，我们永远记住：天下所有慈母的跪拜，包括动物在内，都是神圣的！

死亡的标本

罗布泊，位于塔里木盆地，曾是我国第二大内陆湖，被喻为“消逝的仙湖”。这里曾经湖清草美、绿林环绕、飞鸟成群；这里曾经车水马龙、万家灯火、商旅云集。然而，因为人为的破坏和自然原因，罗布泊自然生态遭到厄运。

建国后，兴起开垦浪潮，大批内地人迁移西部组成建设兵团，开展土地平整运动，塔里木河两岸人口激增，水的需求也跟着增加。扩大后的耕地要用水，开采矿藏需要水，水从哪里来？人们拼命向塔里木河取水，盲目地大量用水像个吸水鬼，直到 20 世纪 70 年代末，罗布泊流干了最后一滴眼泪。

现已成为一望无际的戈壁滩，没有一棵草，一条溪，夏季气温高达 71℃，天空不见一只鸟，没有任何飞禽敢穿越，只是一片沙漠。罗布泊干涸后，周围生态环境马上发生巨变，草本植物全部枯死，防沙卫士胡杨树成片死亡，沙漠以每年 3 ~ 5m 的速度向罗布泊推进，很快和广阔无垠的塔克拉玛干沙漠融为一体。罗布泊从此成了寸草不生、荒无人烟的地方，被称作“死亡之海”。

这是一个生态破坏、文明衰落的故事。昔日湖清草美的湖泊，如今变成一个死亡干枯的标本。悲剧究竟是如何发生的呢？在重新诠释这一个生态与文明消失故事的时候，我们也应该从中获得新的启示和觉醒：那就是在加快推进生态文明建设的今天，我们面对资源约束趋紧、环境污染严重、生态系统退化的严峻形势，必须树立尊重自然、顺应自然、保护自然的生态文明理念，把生态文明建设放在突出地位，融入经济建设、政治建设、文化建设、社会建设各方面和全过程，努力建设美丽中国，实现中华民族永续发展。

环境质量是否改善？群众的感受比评价指标更重要。群众的感受反映的是社会认可度；评价指标反映的是专业认可度。

在现阶段，不到实地调研，真的不知道我国农村的一些边远场镇小河污染之重、场镇污水收集之难、污水管网建设之难、污水处理设施建成运行之难。

当今的环境保护是：诉求的高涨期；风险的高危期；违法的高发期；需求的高压期。

写在 2015 年 1 月 1 日新环保法实施之日
环保是条高压线，
新法已经带了电。
企业违法代价大，
弄虚作假难过关。
环保责任终身制，
失职渎职要坐监。

建设美丽新村，
清除垃圾围村，
切断污水绕村，
修建路网通村，
种草植树绿村，
科学规划靓村。

垃圾分类的路还有多长？

日本人对一个废弃的烟盒处理得很细，一般要把它分为三类：

外包装塑料薄膜（塑料类）、烟盒（纸张类）、封口处的铝箔（金属类）。

走在大街小巷，我们都会看到垃圾箱上标有“可回收垃圾”与“不可回收垃圾”的字样，但走近一看，就会发现垃圾箱内混装着各类垃圾，垃圾清运车来了，不管分没分类，也是一车拉走。

我国垃圾分类工作已经开展10多年了，至今仍面临许多困境。早在2010年，《北京市生活垃圾管理条例（草案）》曾公开征求意见，最后正式条例公布时，原草案中“垃圾不分类将罚款”的条款已被删除。无独有偶，《上海市促进生活垃圾分类减量办法》规定，个人未按规定投放垃圾，拒不改正的，最高可罚款200元，但到目前为止，垃圾分类没有对个人开出一张罚单。

我国垃圾分类工作举步维艰、收效甚微的主要原因，我觉得与国民的环保意识、生活方式、行为习惯密切相关。“垃圾分不分类与我有多大关系？”“垃圾分类很繁琐”“垃圾应该交给专门的公司去分类”……这些意识和观念，在很多市民头脑中已经根深蒂固，想一下子改变还很难。如果说垃圾分类要经历起步、成长、成熟三个阶段，那么日本的垃圾分类基本进入了成熟期，而我们还处于起步期，看来，我们垃圾分类处理的路还很长很长。

如果我们每个人都从污染的制造者、受害者、谴责者变成环境的行动者、保护者、欣赏者，那么，蓝天白云抬头可见，青山绿水触手可及。这个世界就会变成赏心悦目的生存家园。

黄金有价，玉石无价；
树木有价，生态无价。

开着宝马喝脏水，穿着西装戴口罩，这应该不是幸福；
左手拎着钱夹子，右手提着药罐子，这应该不是小康。